光文社文庫

長編時代小説

風蘭

隅田川御用帳㈩

藤原緋沙子

光 文 社

※本書は、二〇〇五年七月に
廣済堂文庫より刊行された
『風蘭　隅田川御用帳〈十〉』を、
文字を大きくしたうえで、
さらに著者が大幅に加筆したものです。

目次

第一話　羽根の実 —— 11
第二話　龍の涙 —— 92
第三話　紅紐 —— 164
第四話　雨の萩 —— 236

伝通院
小石川
白山
神明宮
中山道
駒込
水戸徳川家
春日町
水道橋
千駄木御林
駒込追分
加賀前田家
道灌山
本郷
藍染川
霊雲寺
日暮里
湯島聖堂
湯島天神
茅町
不忍池
弁天
神田大明神
池之端仲町
妻恋坂
築山藩の上屋敷
根岸
谷中本村
下谷広小路
東叡山寛永寺
外神田
下谷長者町
下谷金杉町
御徒町
下谷の御徒組屋敷
下谷山崎町
向柳原
三味線堀
広徳寺
新寺町
下谷竜泉寺町
幡随院
元鳥越町
甚内橋
玉王寺
阿部川町
千住大橋
新吉原
鳥越橋
御蔵前片町
新堀川
日本堤
新旅籠町
東本願寺
御蔵前通り
御蔵前
浅草寺
御米蔵
小塚原
首尾の松
黒船町
三間町
田原町
浅草広小路
山谷町
諏訪町
御厩河岸之渡し
駒形町
材木町
雷門
新鳥越町
新鳥越橋
花川戸町
山谷堀
聖天町
浅草駒形堂
竹町之渡し
吾妻橋
今戸橋
今戸町
白鬚之渡し
隅田川
源森橋
竹屋之渡し
北割下水
瓦町
中之郷
源森川
小梅村
三囲稲荷
向島墨堤
長命寺
木母寺
隅田村
須崎村
寺島村
法恩寺橋
業平橋
小梅村
押上村
天神橋
十間川
亀戸天神

『隅田川御用帳』の世界
麹町
番町
千鳥ヶ淵
田安御門
半蔵御門
西之御丸
虎之御門
新シ橋
外桜田御門
雉子橋御門
和田倉御門
江戸城
一橋御門
猿楽町
幸橋
土橋
南町奉行所
北町奉行所
数寄屋橋御門
汐留橋
呉服橋御門
常盤橋御門
神田橋御門
富士見坂
←至品川
濱御殿
三十間堀川
西紺屋町
比丘尼橋
水谷町
竜閑橋
昌平橋
本銀町
鍛冶町
平永町
今川橋
伊沢道場
京橋
数寄屋町
品川町
築地の浴恩園
西本願寺
木挽町
平松町
日本橋
室町
本町四丁目
大伝馬町
岩本町
内神田
和泉橋
本船町
小伝馬町
佐久間河岸
楓川
海賊橋
弾正橋
八丁堀
水谷町
八丁堀組屋敷
江戸橋
道浄橋
亀井町
豊島町
神田川
堀江町
堀留町
通油町
柳原土手
神田佐久間町
中之橋
南茅場町
小網町
思案橋
長谷川町
富沢町
千鳥橋
馬喰町
日本橋川
難波町
横山町
稲荷橋
一ノ橋
通塩町
汐見橋
両国広小路
浅草橋
船松町
鉄炮洲
高橋
新川
南新堀町
行徳河岸
橘町
栄橋
米沢町
佃島
霊岸島
三ノ橋
二ノ橋
箱崎町
行徳川
浜町堀
小川橋
十四郎の住む長屋
薬研堀
柳橋
大川端
両国橋
石川島
永代橋
浜町
一ツ目之橋
尾上町
元町
隅田川
熊井町
佐賀町
今川町
上之橋
万年橋
新大橋
六間堀町
弁財天
松井町
回向院
横網町
御竹蔵
三ツ屋
万年町
海辺大工町
松坂町
相生町
亀沢町
橘屋
六間堀
慶光寺
中ノ橋
北之橋
常盤町
松井橋
二ツ目之橋
越中島
永代寺門前山本町
海辺橋
深川元町
北森下町
弥勒寺橋
深川
仙台堀
富岡八幡宮
浄心寺
東平野町
小名木川
五間堀
本所
南割下水
蓬莱橋
亀久橋
霊巌寺
芝翫河岸
竪川
吉岡橋
雲光院
吉永町
三ツ目之橋
洲崎
木場
三笠町
新高橋
入江町
横川
猿江橋
南辻橋
亀戸村
長崎橋
西
南
北
東
猿江町
御材木蔵
清水橋
横十間川
0
1km

慶光寺配置図

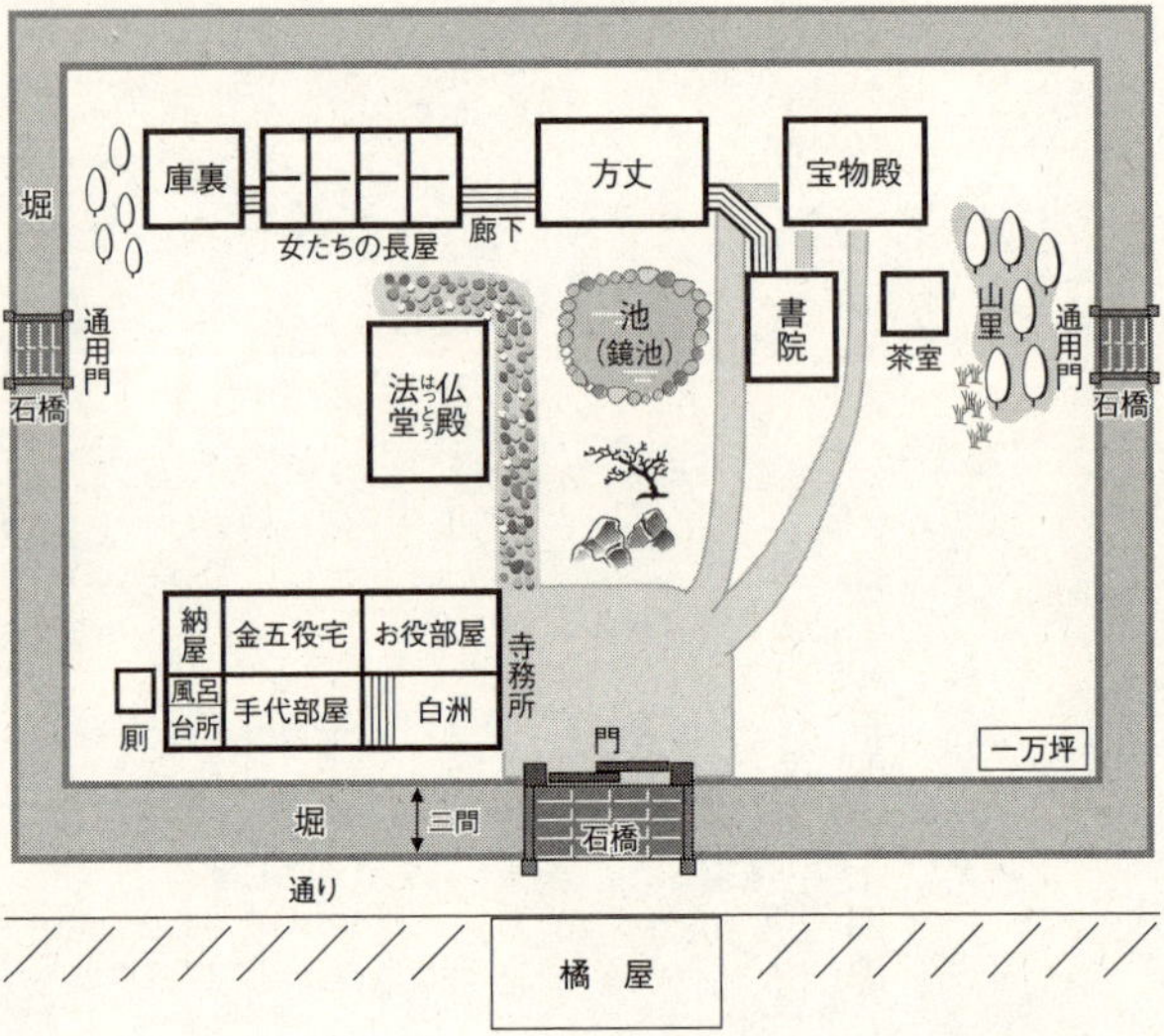

方丈《ほうじょう》　寺院の長者・住持の居所。

法堂《はっとう》　禅寺で法門の教義を講演する堂。他宗の講堂にあたる。

庫裏《くり》　寺の台所。住職や家族の居間。

「隅田川御用帳」シリーズ　主な登場人物

塙十四郎　築山藩定府勤めの勘定組頭の息子だったが、家督を継いだ後、御家断絶で浪人に。武士に襲われていた楽翁（松平定信）を剣で守ったことがきっかけとなり「御用宿　橘屋」で働くこととなる。一刀流の剣の遣い手。寺役人の近藤金五とはかつての道場仲間である。

お登勢　橘屋の女将。亭主を亡くして以降、女手一つで橘屋を切り盛りしている。

近藤金五　慶光寺の寺役人。十四郎とは道場仲間。

秋月千草　諏訪町にある剣術道場の主であり、近藤金五の妻。

藤七　橘屋の番頭。十四郎とともに調べをするが、捕物にも活躍する。

万吉　橘屋の小僧。孤児だったが、お登勢が面倒を見ている。

お民　橘屋の女中。

おたか　橘屋の仲居頭。

八兵衛
塙十四郎が住んでいる米沢町の長屋の大家。

松波孫一郎
北町奉行所の吟味方与力。十四郎、金五が懇意にしており、橘屋ともいい関係にある。

柳庵
橘屋かかりつけの医者。本道はもとより、外科も極めている医者で、父親は千代田城の奥医師をしている。

万寿院（お万の方）
十代将軍家治の側室お万の方。落飾して万寿院となる。慶光寺の主。

楽翁（松平定信）
かつては権勢を誇った老中首座。隠居して楽翁を号するが、まだ幕閣に影響力を持つ。

風蘭

隅田川御用帳（十）

第一話　羽根の実

一

駆け込み寺『慶光寺《けいこうじ》』の御門を入ると、庫裏《くり》や方丈《ほうじよう》に向かう玉砂利の小路がある。

眩《まぶ》しいほどの陽の光も、その小路に入ると木々に遮《さえぎ》られ、行く手には木洩れ陽が続いている。

塙十四郎《はなわじゆうしろう》は、歩をゆるめて、額や首筋に滲《にじ》んでいた汗をぬぐった。

長雨からは解放されたが、一気に夏の陽差しに変わったようである。

——それにしても、急いで来てくれとは何事か……。

ふと不安が過《よぎ》った。

慶光寺の御用宿『橘屋《たちばな》』のお登勢《とせ》が、小僧の万吉《まんきち》を使いによこしたのはいいが、橘屋に出向くと、

「お登勢様は万寿院《まんじゅいん》様のところへ参られました。十四郎様もすぐにおいで下さいとのことです」

女中のお民《たみ》が言った。

万寿院とは、十代将軍家治《いえはる》の側室だったが、家治の死後、縁切り寺『慶光寺』の主となった人である。

十四郎はすぐに慶光寺の門をくぐったが、寺役人の近藤金五《こんどうきんご》も万寿院の住まいである方丈に出向いたらしく留守だった。

はたして、庫裏に向かうと春月尼《しゅんげつに》が待ち構えていた。

春月尼は黙って頭を下げたが、その曇った表情から、尋常ならざる気配を十四郎は感じ取った。

急いで春月尼の後に従って、方丈への廊下を渡ると、

「十四郎様が参られました」

春月尼は部屋の前に跪《ひざまず》いて告げ、障子を開けた。

「ごめん」

十四郎はするりと中に入った。正面に座す万寿院が沈痛な面持ちで見迎えた。金五もお登勢もいたが、皆険しい顔をしている。

ひょっとして万寿院が病《やまい》で倒れたのかと心配していたが、ひとまずほっとした。

「遅くなりました」

十四郎が座ると、後ろの廊下側の障子がするすると閉められて、障子のむこうの廊下には春月尼が座った。

ここにいる者以外の立ち入りを禁じたようだ。

ただならぬことが生じたことだけは間違いないようだった。

「十四郎、たいへんな事態となった。それでお前にも来てもらったのだ」

まず金五が口火を切った。

「ここで修行中のおまきが消えたのだ」

「何……どういうことだ。まさか修行に耐えられなくなって逃げたのではあるまいな」

「十四郎殿、この万寿院が近藤殿に無理を申しまして、それでおまきを外に出したのです。わたくしの不覚でした」

万寿院は沈んだ声で言った。

「いえ、万寿院様のせいではございません。私の配慮が足りませんでした。お登勢に話して、番頭の藤七《とうしち》でもつけて帰してやればこのようなことにはならなかったと存じます」

金五はすぐに、万寿院を庇《かば》うように言い、十四郎の方に再び向くと、

「実はな、十四郎……」

神妙な顔をして続けた。

「昨日のことだ。おまきの亭主新蔵《しんぞう》の知り合いと名乗る者がやってきて、新蔵が危篤《きとく》だ、一刻を争う状態だと言ったんだ。せめて最期におまきに会わせてやれないものかと、そう懇願したのだ」

「ふむ。新蔵は植木職人だったな。その者も植木職人だったのか」

「いや、そんなことは聞いてはいない。不覚だった。危篤と聞いてこちらも慌てていた。寺入りしている者に面会を願う場合は、本来なら橘屋を通して初めて成る話なのだが、お登勢は折悪しく出かけていた。それで万寿院様にご相談したのだ……」

万寿院がその後を継いだ。

「近藤殿は、会わせてやりたいが、いったん寺に入った者は、修行を終えるまでは外には出られぬ規則。おまきには知らせず、使いの者にそのように伝えましょうと申されたのです。でも、私が不憫《ふびん》に思いましてね。事情がどうあれ、長年共に暮らした人が亡くなるというのは哀しいことです。おまきの気持ちを聞いてみましょうと……そしたらおまきは、せめて末期《まつご》の水なりと口に含ませてやりたい、きっと帰ってきますから、外に出して下さいと申すのです。それで、渋る近藤殿を説得して寺から出したのですが……」

「門限は暮六ツ（午後六時）と言っておいたのに、帰ってはこぬ。夜の五ツ（午後八時）まで待ったが、門限に遅れるという知らせさえもない。それでお登勢に話して、藤七に新蔵の長屋に走ってもらったのだが、蛻《もぬけ》の殻《から》だったという訳だ。今日になっても帰ってはこぬ……。それでこれはなんらかの魂胆があって、新蔵がおまきを呼び出したのじゃないかということになったのだ」

「偽りを申して、おまきを呼び出したと……」

「そうだ。それしか考えられん」

金五は苦渋の顔をしてみせた。

「十四郎様……」

万寿院と金五の話を聞いていたお登勢が、その後を続けた。

「藤七が長屋の人たちから聞いた話では、近頃は滅多に新蔵さんは家には寄りついていないのだと言ったそうです」

「……」

「おまきさんは寺を出た自分が刻限までに戻らなければ、お咎《とが》めを受けることは承知の筈《はず》です。また、万寿院様や近藤様にたいへんなご迷惑をおかけすることも知っている筈です。それを知っていて帰ってこないばかりか、何の知らせもないということは、どういうことなのかと、わたくしたちは案じているのです」

「ふむ……」

「十四郎、考えられるのは二つだ。一つはおまきの気が変わって元の鞘《さや》に収まろうと二人で駆け落ちしたか、さもなくば、別れ話をあくまでも承服しない亭主に監禁されていて、帰るに帰れなくなったか……いずれにしても、規則やぶりが寺社奉行のお耳に入ればたいへんなことになる。どこにも漏れないうちに、おまきをここに連れ戻さなければならぬ」

「金五、ここで修行している仲間には、何と言ってあるのだ。もう気づいて動揺しているのではないか」

「いや、皆には橋屋で離縁の話し合いが続いていて、寺に帰るのが遅れているのだと言ってある。いずれ知れるかもしれんが、あくまで表沙汰にはせぬ」

「十四郎殿、おまきには、外出のことはお仲間の誰にも漏らしてはならぬと、口止め致しておりましたゆえ……」

万寿院が口添えをした。

せめてものその処置が、他の女たちの動揺を防いでいるようだった。

「この先、誰も彼もが外出できると思われてもまずい、そう思ってな」

金五は言った。だがその苦悩は隠しようもない。

「新蔵の長屋だが、神田相生町《かんだあいおいちょう》だったな」

「そうだ。留守とはいえ、いつ帰ってくるかもしれず、念の為に藤七に張り込ませてある」

「うむ……まずは使いと称してこの寺にやってきた者は誰か、新蔵はどこにいるのか、そこから探るしかあるまい」

「たいへんなことになりましたが、よろしく頼みます」

万寿院は、数珠《じゅず》をかけた手を合わせて、十四郎たちに言ったのである。

「そういうわけで、このことを公《おおやけ》にしておまきを探索するわけにはいかぬ。仕事はやりにくいが、お前を頼るしかない」

橋屋に引き上げてきた金五は、友人の顔に戻って十四郎に言った。

万が一の時には、俺はお役を解かれるかもしれぬ。いや、それで終わればまだしも……と後の言葉を呑んだ。

「金五、先の心配をしても始まらぬ。全力を尽くすゆえ、諦めるな」

十四郎は慰めるが、事が事なだけに、おまきを見つけて連れ戻さなければ、金五のみならず橋屋も無傷という訳にはいかぬだろうと考えていた。

「わたくしは、おまきさんが新蔵さんと駆け落ちをするとは思えません。なにしろ、ここに駆け込んできた時、私は天地が裂けても、もうあの人とは一緒にいたくない、そう言ったんですよ」

お登勢は、一年前のちょうどこの時期、雨の中を傘もささずにずぶ濡れで橋屋に飛び込んできたおまきの姿を思い出していた。

おまきは小柄な女だったが、別れる決意だけは岩のように固く、お登勢に助けを求めたのであった。

ちょうど十四郎が、橋屋を引き上げようとして、玄関に下りたところだった。

「このままあの人と暮らしていたら、殺されるか殺すか、先々恐ろしいことになりそうな気がするのです」

おまきは、いきなり、恐ろしいことを口走った。

お登勢はお民を呼ぶと、濡れた着物を替えさせて、帳場の裏の小部屋におまきを座らせた。

「おまきさんでしたね。ご亭主の名前、住まい、仕事、それになぜ離縁したいのか、お話し下さい」

お登勢がそう言うと、おまきは怒りをぶちまけるようにしゃべったのであった。

「私たちが知り合ったのは、私が働いていた両国《りようごく》の水茶屋でした。あの人がたびたび現れて、私と一緒に暮らしたい、熱心にそんなことを言うものですから、それで一緒になったんです」

おまきは亭主の新蔵が、当初どんなに自分にぞっこんだったのかをまず説明した。

それは五年前のことだった。

当時新蔵は下谷《したや》の植木職人政之助《まさのすけ》の弟子だった。

植木職の修業もまもなく終わり、一本立ちをする。それを契機に女房も貰い、ゆくゆくは親方のように弟子の一人も持って子供を養い、安楽な暮らしをしたいなどと、おまきの気をひくようなことを並べ立てたのである。おまきはとうとうそれに負けた。

二人は、新蔵が政之助から独立してすぐに所帯を持った。

ところが、一年二年と経つうちに、子が生まれないことで、たびたび夫婦喧嘩をするようになった。

「子ができねえのはお前のせいだ」

新蔵は酔っ払うと、おまきのせいにした。

おまきも負けずにやり返すのだが、喧嘩の発端は子の生まれぬことでも、やがてお互いの性格やら、何ということもない日頃の癖までも取り上げて、罵倒《ばとう》し合うところまで発展する。

「その箸の持ち方はなんだい。それに、物を食べている時、しゃべらないで下さいな。口の中の物が見えて汚らしいったらありゃしない」

「なんだと、てめえこそ、家の片づけもできねえ、料理の味はまずい。俺は黙ってるが我慢してやってるんだ」

「うるさいね。あたしはね、早くお前さんが店を構えられるようにって内職に精を出してるんじゃないか。甲斐性のない亭主の陰で女房がどんなに苦労をしているのか分からないのかい」

「うるさい、黙れ」

新蔵は最後には癇癪《かんしやく》を起こして、おまきに暴力をふるうのであった。

「支えあっていかなければならない夫婦なのに、一番気にしている子供の話を持ち出して、しかもそれが私のせいだと言うのです。こんなに思いやりのない人だったのかと思うと、悔しくて悔しくて……」

おまきは説明しているうちに、感情が高ぶってきたのか、悔し涙を流したのであった。

「一緒になって五年になります。年々言いたいことを言い合うようになって。私、この人とは一緒になるべきじゃなかったと、今なら引き返せると、そんなふうに思えてきたんです」

暮らしを賄《まかな》う筈だった労賃を、新蔵がそっくり飲み代に使ってしまったことで堪忍袋の緒が切れた。

いっときもこの人とこの家にいるのは嫌だ……大喧嘩の後、おまきはとるものもとりあえず、激情に任せて橘屋に駆け込んできたようだった。

一方の新蔵は、離縁をつきつけられて、はじめて子のできぬ鬱憤《うつぷん》をおまき一人に押しつけてきた非に気づいたか、再三再四、おまきに家に戻るように言ってきた。

新蔵にしてみれば、おまきへの未練もさることながら、おまきの叔母が富沢《とみざわ》町《ちょう》で質屋をやっていて、それまでにもたびたび金の無心をしていたから、その縁を切られるのも辛いという現実的な思惑も働いていたのかもしれない。

結局、話し合いは決着を見ず、おまきは寺入りと決まったのであった。

お登勢はその時のことを思い出したのである。

「夫婦別れを望む人の中には、腹を立てて駆け込んできた時には決心が固く見えても、日を追うごとに冷静になってみると、今度はそこまでしていいものか、なども迷う人が多いものです。でも、おまきさんは一度もそんな素振りは見せませんでした。意思が固いということもあるのでしょうが、女にとって石女《うまずめ》呼ばわりされることほど屈辱的なことはありません。おまきさんの別れたいという決心には、最初からゆるぎというものがありませんでした。でも危篤と聞けば、そりゃあ夫婦だったのですから、看取ってやりたいと思ったのでしょうが、だからといって、また元の鞘《さや》に収まるとは思えないのです……」

「しかし、新蔵の方はおまきへの未練はあった。寺で修行を終えれば御法で離縁させられる。否《いや》も応《おう》もない。寺にいる間に翻意してくれたらという気持ちがあったのではないか」

金五が言った。

「まっ、ここであれこれ言っても始まるまい」

十四郎は膝を起こした。

その時であった。

「お登勢様」

藤七が帰ってきた。

藤七の顔は強張《こわば》っている。

額に汗が噴き出ていて、荒い息遣いをしているところをみると、駆け帰ってきたようだ。

「たいへんなことになりましたよ。おまきさんは、亭主殺しで番屋に引っ立てられていたんです」

「どこの番屋です」

「不忍池《しのばずのいけ》の茅町《かやちょう》です」

「なんでまた、そんなところに」

金五が驚いて聞く。

「詳しいことは分かりませんが、相生町の新蔵の長屋に同心がやってきまして、それで分かったようなんですが、長屋の者たちに新蔵夫婦について、いろいろと尋ねて帰ったようです」

「すると何か、おまきが慶光寺で修行中の身だと知れたのか」

「長屋の者たちがどこまでおまきさんのことを知っていたか分かりません。私も身分を明かしてなにかと尋ねるわけにも参りません。そんなことをして、もし、寺入りしている女が外に出て人殺しをやったなどということが世間に知れたら……そう思うと恐ろしくなりまして、取り敢えず、お登勢様の考えを仰ぎたいと存じまして……」

「なんてことだ、万事休すだ」

金五はどたりとその場に腰を下ろした。

寺役人として最大の危難に直面したという思いが、その表情に表れていた。

「金五、俺に任せてくれ。藤七、お前は一緒に来てくれ」

十四郎は、土間に下りると、大刀を腰に差した。

二

「駄目だね、会わすことはできねえ」

赤ら顔の岡っ引は、茅町の番屋を訪ねた十四郎にすげなく言った。顔は陽に焼けているのではなく、酒焼けのようだった。

この番屋は、間口は他の町の番屋と同じく二間《けん》（約三・六メートル）ほどだが、奥行きが六間半もあり、並の番屋の三倍近くもある。

奥には白洲や牢屋も独立して拵《こしら》えてあるらしいから、大番屋の役目もしているようだった。

おまきは、奥の牢屋につながれていると見えて、玄関の三和土《たたき》に立ったぐらいでは窺《うかが》い知ることはできないが、岡っ引が怖い顔をして番屋の表座敷で頑張っているところを見ると、おまきを人殺しとして、厳重に誰とも接触させないように見張っているらしい。

「いったい誰だね、旦那方は。おまきとはどういう関係で」

岡っ引は怪訝《けげん》な顔をして、十四郎を見、そして藤七を見た。

「俺は米沢町《よねざわちょう》の裏店《うらだな》に住む塙十四郎という。おまきとも、死んだ亭主とも知り合いだ。おまきに会わせてもらえぬか」

「まだ調べは何もしていないんだ。取り乱していて話もできねえ状態です。それに、あっしの一存で会わすわけにはいきやせんや。どうぞ、お引き取りなすって」

けんもほろろである。

「顔だけでも、見ることはできませんか」

藤七が尋ねる。

「駄目だ、駄目だ。お前さん方に会ってもっと取り乱したりしたら、あっしが叱られやす」

「そこをなんとか、一つお願い致します」

藤七は、袂《たもと》から小さな紙の包みを出すと、

「親分さんのお情けで、おまきさんが亭主を殺した場所は何処《どこ》なのか、それだけでもお聞かせ下さいまし……」

岡っ引の袖口に、すとんと落とした。

「まっ、そう言われちゃあ、あっしも人の子だ」

「恩にきます」

「大きい声じゃあ言えねえが」

岡っ引は藤七の顔を手招くと、

「すぐそこだよ。出合《であい》茶屋の『大松屋《だいまつ》』だ」

「大松屋……」

藤七が驚いて聞き返すと、

「妙な話だよな。夫婦が出合茶屋で会ってたっていうのも」

「……」

藤七は、ちらりと十四郎に視線を注ぐ。

「長屋の連中の噂じゃあ、おまきは家を出ていたらしいし、新蔵は近頃家には寄りつかなかったらしいじゃないか。まっ、そこのところはこれから分かってくるのだろうが、夫婦喧嘩の末の殺しだな」

「あの、おまきさんは、亭主殺しを認めているのでしょうか」

「おいおい、まだこれ以上言わせようってのか」

じろりと見返した岡っ引の袖に、藤七は如才《じょさい》なく、もう一つ紙の包みを落とした。

「しょうがねえなあ。おまきは、知らぬ、殺《や》ってねえと言うばかりで北町の旦那も困っていなさる。動かぬ証拠《あかし》があるっていうのに」

「証拠……」

「これ以上はあっしの口からは話せねえ。大松屋の女将《おかみ》にあっしの名を出して、その時の様子を聞いてみな」

「ありがとうございます。親分さんのお名は……」

「あっしの名は、伊左次《いさじ》というが、ここら辺りじゃあ伊左の親分で通ってるぜ」

伊左次は、親分然として言った。


大松屋は、茅町の外れに何軒かある出合茶屋の一つで、構えは一番大きくて立派だった。

女将はまだ若く、三十前後かと思われたが、唇の右下に黒子《ほくろ》のある、妙にいろっぽい女だった。

ただ、おとないを入れた十四郎に注ぐ目には、海千山千の女らしい油断のないものが見受けられた。

藤七が伊左の親分から聞いてきたと言うと、女将は渋々、「では、その場を見た仲居《なかい》を呼びますから、その者に聞いて下さい」と言った。

そう言っている間にも、客はやってくる。

武家もいれば町人もいる。

いずれも人と顔を合わせないように、神経を尖らせていて、十四郎や藤七の方には目もくれない。

頭巾をかぶって入ってくる者もいるし、男と女の取り合わせも様々である。

こちらの方が気恥ずかしい思いがして、目の遣《や》り場に困っていると、まもなく前掛けをしたふっくらした女が奥から出てきた。

女は名をお久《ひさ》と名乗ると、

「しばらくは、あの座敷は使えなくなってしまいました。そのままにしてありますから、どうぞ、案内致します」

下駄をつっかけて土間に下りてきた。

お久は、いったん玄関から外に出て、庭に回って、茶屋の離れに案内した。

「ここですよ。その離れの座敷です。私はここで待ってますから」

お久の顔は怯《おび》えていた。

何か忌《い》まわしいものでも見るような目をして、離れを指した。

十四郎と藤七は、庭から廊下に上がって、その部屋の障子戸を開けた。

突然、ぷんと血の臭いが鼻を刺した。

座敷は六畳ばかりのものだったが、夥《おびただ》しいほどの血痕が、畳に染みついていた。

見るからに惨劇の痕だと分かった。

――いったい、何がここで行われたのか。

部屋には、血痕の他にはこれといった物は何も残されていなかった。

外に出ると、お久がおそるおそる近づいてきて、

「旦那さんがこちらの部屋に入ったのが、昼八ツ（午後二時）過ぎだったと存じます」

と言ったのである。

「この座敷を使ったのが夫婦ものだと知っていたのか」

「旦那さんが言ったんですよ、女房が来るんだって。名はおまきという。よろしく頼むと」

「すると、亭主は病ではなかったのだな。俺は、亭主が突然の病でここに厄介《やっかい》になっていたのかと思ったのだが」

「まさか……ぴんぴんしてましたよ」

お久は口元に笑みを浮かべた。だがすぐに真顔になって、

「そしておかみさんがやってきたのは七ツ（午後四時）過ぎでした。駕籠《かご》で表に乗りつけてきたらしいですよ」

「ほう、駕籠でな」

すると、おまきは慶光寺を出てまもなく駕籠に乗ったということになる。おまきは、最初から新蔵のいる長屋ではなくて、この出合茶屋に呼ばれたのだ。危篤と聞いた亭主が出合茶屋で待っているなどと、おかしな話だと思わなかったのだろうか……。

十四郎はお久に、おまきは訳あって亭主と離れて暮らしていたのだが、亭主が危篤と聞いてここに来たのだと事実の一端を話し、おまきが駆けつけてきた時の様子を聞いてみた。

「そういえば、お店に来るなり、亭主がこちらでご厄介をおかけしているようですみません、とかなんとか言ったんです。私もなんの話だろうかと思ったんですが、そういうことだったんですか……私はそんな話は知らないですから曖昧《あいまい》な返事をして、すぐに離れに案内致しました。ところがおかみさんは部屋に入るなり、

ご亭主に『騙《だま》したのね』と、こうですもの。今思えば最初から変な雲行きでしたね……」

お久は、亭主から「酒だけ持ってきてくれ。後はほっといてほしい」と言われて、いったん板場に戻って酒を用意して部屋に運んだ。

その時二人は、ひとことも口をきかずに、それぞれがそっぽを向いて、あらぬ方に目を投げていた。

情などかけらもなくなった夫婦なんだと、お久は思った。

案の定、お久が酒を置いて廊下に出ると、

「私は嫌ですからね、何と言われようとできません」

怒気《どき》を含んだおかみさんの声がして、

「おまき、まだ夫婦じゃねえか」

亭主の声だった。すると、

「おまえさんがそのつもりでも、私の中では、もう夫でも旦那でもありませんよ」

おまきの声だった。

お久は立ち止まって振り返ったが、引き返してもどうしてやる力もない。そのまま帳場に引き上げたが、引き上げながら二人が小さな声で言い争うのを聞いている。

お久は憂鬱《ゆううつ》な気分になった。

場所が場所だけに、時折男と女の痴話喧嘩を否応なしに聞かされる。だが、今日の男女の声には根の深いものがあると、お久は思った。

お久は、そこまで話すと、言葉を切った。

そして、しみじみと言ったのである。

「私も三年前に、ああいう雰囲気を嫌というほど味わいましたからね。亭主とは今は別れて、こうしてここで仲居をしながら暮らしていますが、いまだにどうしてこんなことになったんだろうと考えることがあります。なぜあの人と一緒になったのか、なぜ離縁しなければならなかったのか……どうして人は、あそこまで見たくない部分を見せ合ってしまうのか……それを考えると、あの二人の行く末が見えるようで……」

だからお久は、つい離れには足遠くなってしまった。

気がついた時には外は薄闇になっていた。

慌てて行灯《あんどん》の灯をつけるために手燭《てしょく》を持って離れに行くと、二人が重なるように倒れていた。

手燭の灯を掲げると、新蔵に被《かぶ》さるように倒れているおまきの手に、血糊《ちのり》のついた包丁が握られているのが、ぼうっと見えた。

「誰か……」

お久は悲鳴を上げた。

その声で、店の仲居や若い衆が走ってきて、二人を引き離した。

どうみても心中としか思えなかった。

ところが、新蔵の方は胸を刺されて死んでいたが、おまきは無傷だった。おまきは新蔵を刺した後、気を失ったらしかった。

そうなると、心中を装った殺しか、あるいは無理心中をしようとして死に切れなかったか、その場にいた者は状況を見てそう思った。

おまきはすぐに気がついたが、新蔵の無残な姿を見て、驚愕のあまり言葉を失ったままそこに泣き崩れた。

番屋から岡っ引の伊左の親分が駆けつけてきて、私は殺していないと激しく首を振るおまきを、引きずるように連れていったというのである。

「十四郎様、妙な話ですね」

藤七が首を傾《かし》げた。

おまきは最初から騙されていたことになる。

しかし、何のためにそこまでして、おまきを慶光寺から出す必要があったのか。

新蔵がぴんぴんしているにもかかわらず、慶光寺に新蔵の知り合いだと言って現れて、新蔵が危篤だと偽り、おまきを呼び出した者、それが誰かを探るのが肝要かと思われた。

「お久さんとやら、おまきが駕籠でここに来た時、一人だったのかね」

「さあ、それは……」

お久は首を横に振った。

「おまきは呼び出しを受けて来たのだ、ここにな。それも亭主が危篤だと言われてだ。この茶屋の誰かが亭主の新蔵に頼まれて、おまきを呼びに行ったということは考えられぬか」

「分かりません。何も聞いてはおりません」

「ふむ……それとも一つ」

十四郎は庭を見回して、板塀の裏木戸を指した。

「あの木戸は、内側に閂《かんぬき》がある。昨夜あの閂は閉めてあったのか」

「それも私には分かりません。あの裏木戸は、お客様によっては裏からお帰りになりたいという方がいらっしゃいますので、その時のためのものですが、勝手に開け閉めはできません。あの木戸の開け閉めは直蔵《なおぞう》さんという若い衆の仕事ですから」

「その者をちょっとここへ呼んでくれないか」

「それが、今日は休んでいるようです」

「そうか……休んでいるのか」

「あの、これくらいでよろしいでしょうか」

お久は、店の方が気になるらしく、十四郎の顔を窺った。

三

新蔵の親方、植木職人の政之助の住居は、下谷の長者町《ちょうじゃまち》にあった。

長者町の西側には小笠原《おがさわら》家の中屋敷があり、東側は御徒町《おかちまち》の家並みが続いている。

政之助はそこで、家屋の裏で様々な植木を育てながら、周囲の武家地に出入りしていた。

家の前には、珍しい石がごろごろしていた。

一般に植木屋といっても、鉢物専門の職人もいるし、苗物を得意とする職人もいる。だが政之助は、庭造りを主とする職人だった。

一年も前、おまきが橘屋に駆け込んできた折、一度この政之助に十四郎は会っている。

その時政之助は、

「あいつは腕はいいんだが、気が弱くていけねえ。自分で仕事を探してくるのは難しいんじゃねえかと心配しておりやしたが、まさか、女房とそんなことになっていたとは……」

苦い顔をしてみせた。

政之助は、新蔵に頼まれて、形ばかりの祝言《しゅうげん》だったが二人の仲人《なこうど》となっていた。

二人の不仲を聞いた時には、一度ならず橘屋にやってきて、おまきに会い、新蔵にも会って仲介してくれている。

だが、おまきの意思が固いのを知ると、新蔵に「おめえがおまきを傷つけたんだから諦めろ。覆水《ふくすい》が盆に返るもんじゃねえことはおめえだって分かるだろ」などと諭したが、新蔵は納得せず、おまきは寺入りとなったのであった。

「親方ですかい。むこうで一服しておりやす。案内致しやす」

まだ二十歳にもならない若い弟子が、訪ねた十四郎を案内してくれた。

政之助は、丸い石の上に腰を下ろして、煙草《たばこ》を吸いつけていた。

十四郎の顔を見ると、政之助は傍のもう一つの石を勧めて、作業中で家には入れねえ。勘弁して下さいまし、と断って、

「おい、おみつに、ここにお茶を運んでくるように言ってくれ」

先ほどの若い職人に言った。

おみつというのは、政之助の女房のことである。

そうして、煙管《キセル》の灰をぽんと落とすと、

「新蔵夫婦のことでござんしょ。ええことになっちまって、手数をおかけして申し訳ねえことでございます」

「そうか。お前も聞いたか」

「へい。町方の旦那が参りやした。近頃の様子といったって、こっちには寄りつかなくなってましたから、ありのままを申し上げたのですが、後からあいつの弟

弟子に話を聞いてみると、昔の仲間に借金をしまくっていたらしいとか。うちの弟子たちにも借金を頼みにきたらしくて、その時、親方には言わねえでくれと口止めしたと言うんでさ」

「新蔵は相生町の長屋にも帰っていなかったのだ、ずっとな……」

「どうやら博打《ばくち》にはまりこみやがったようです。馬鹿な野郎だ」

政之助は、吐き捨てるように言った。

「何処の賭場に通っていたのか知らないか」

「さあ、それは聞いてはおりやせんが、あいつが言うのには……」

政之助は、むこうの畑で植木の剪定《せんてい》をしている、先ほどの若い弟子を顎で指して、

「浅草寺《せんそうじ》でお武家の尻にくっついて歩いているのを見たそうです。声をかけたら、懐《ふところ》はあったかい、後でおごってやるからついてくるかと、博打の手つきをして見せたそうです。あっしは弟子たちに、酒はいいが賭け事はいけねえと言ってある、即刻破門だと……それであの弟子は身震いして帰ってきたんだが、その時から、嫌な予感がしておりやした」

「どこの武家だか分からぬか」

「分からねえのと違いますか。聞いてみますか」

政之助はそう言うと、おい、ちょっときてくれ、旦那がお尋ねだ、と若い弟子を呼び寄せた。

「おめえ、以前に新蔵に会ったと言ってたろ」

「へい」

「どこの賭場に出入りしているのか、聞かなかったか」

「あっしは聞いてはおりやせんが、源八《げんぱち》兄貴なら知ってると思います。金を無心された時に一度誘われたって言ってましたから」

「なんだと……まさか、源八はその賭場を覗いたんじゃあるめえな」

「……」

「何で黙ってるんだ。源八を呼んでこい」

「親方、源八兄貴は磯山《いそやま》様の庭に入っています」

「そうか、そうだったな。旦那、あっしが源八の野郎に聞いてお伝えしますよ。新蔵がどこの武家屋敷に出入りしていたのか」

「すまんな。それが分かれば、新蔵が誰に殺られたのか摑めるかもしれぬ」

「お任せ下さいやし。あっしも二人の仲人を務めやした身。新蔵は死んじまったが、おまきのことが気にかかる。それにしても、どうしてこんなことになっちまったんでございましょうね、旦那。新蔵は、飢饉《ききん》のために村を駆け落ちして江戸に出てきた二親《ふたおや》の間に生まれた子だと聞いています。一方のおまきも、田舎から江戸の叔母にもらわれてきた娘でした。二人とも辛い子供の時代を送ってきている筈なんだが、そんな二人がなぜ……」

政之助は、空《むな》しい目をしてそう言った。

「そうか、おまきが寺入りしていた女だと知れたのか」

橋屋に戻った十四郎は、お登勢の部屋に入るなり、金五が評定所《ひょうじょうしょ》に呼ばれ、上役から叱責《しっせき》を受けたと知らされた。

「おまきが、町方の調べに隠し通せなかったということか」

十四郎は溜め息を吐《つ》く。

「おまきさんは夫殺しの疑いをかけられています。ありのままを言うしかなかったのではないでしょうか。近藤様は評定所でも、おまきさんを外に出したのは、自分一人の考えでやったことだと言ったそうです」

「……」

「万寿院様やこの橘屋は何も知らなかったと……」

「それで金五は今どうしている」

「致仕は覚悟せねばなるまい、などと申されて、お出かけになりました。もうすっかり力を落とされて」

「いつ出かけたのだ」

「十四郎様が帰ってこられる少し前です」

十四郎は、座ったばかりの腰を上げた。

刀を摑むと、外に出た。

「あら、十四郎様、もうお帰りでございますか」

女中のお民が、軒行灯に灯を入れながら聞いてきた。

「お民、金五を見なかったか」

「いいえ、近藤様がどうかなさったのですか」

「いや、知らなければいい」

十四郎は、仙台堀《せんだいぼり》に向かった。

すでに外は薄闇で、帰りそびれた人たちが家路を急ぐ姿が目についたが、人は影のように見えるばかりで、金五の姿を判別するのは難しかった。

十四郎は仙台堀に架かる海辺橋《うみべ》で、はたと足を止めた。

金五が、お登勢がやっている佐賀町《さがちょう》の茶屋『三ツ屋《みや》』に向かったとは考えにくい。

むしろ、こんな時、金五が心を癒《いや》しに行くのは、橋を渡った伊勢崎町《いせざきちょう》の小料理屋『菊乃井《きくのい》』か、あるいは堀沿いの道を右に行った先にある冬木町《ふゆきちょう》の飲み屋『千鳥《ちどり》』かと思われる。

橋の袂でどちらに行くべきか迷っていると、

「十四郎様」

橋屋の小僧万吉が、犬のごん太《た》と駆け寄ってきた。

「お登勢殿のお使いか」

「はい、三ツ屋まで行ってきました」

「三ツ屋に金五はいたか」

念の為に聞いてみた。

「いいえ」

「そうか……」

十四郎は薄闇を見渡した。

「近藤様をお捜しですか」

「そうだ。今さっき出かけたらしいが、急ぎの用ができてな、捜しておる」

「ごん太に聞けばすぐに分かるよ」

万吉はそう言うと、しゃがみこんでごん太の頭を撫でながら、

「ごん太、近藤様はどこだ……近藤様だぞ」

と言った。すると、ごん太は二度三度、鼻をひくひくさせていたが、目の前の橋に駆け上がった。

「十四郎様、こっちだよ」

万吉が得意げに橋を指した。

俄《にわ》かには信じ難い話だが、橋の上でごん太がこっちに来いと見詰めている。少年と犬の心遣いが嬉しかった。

「そうか、分かった」

十四郎が橋に足をかけた途端、ごん太が対岸に向かって走り出した。

その方角ならば小料理屋『菊乃井』ということだ。

「万吉、もういい。ごん太を呼び戻せ」

振り返って万吉に告げると、

「ごん太……もういい、帰ってこい」

万吉が大きな声で呼ぶと、すでに向こう岸に渡っていたごん太の姿は見えなかったが、いくらもしないうちに、大きな丸い固まりが転がるように引き返してきた。

はたして金五は菊乃井にいた。

小女《こおんな》に聞くと、二階の小座敷にいるという。

静かに上がっていくと、金五は窓際で片膝を立てて座り、開けた窓からの川風を受けながら一人で飲んでいた。

「金五、捜したぞ」

十四郎は、入り口に膝をついた小女に酒を注文して、金五の傍にどかりと座った。

「話はお登勢殿から聞いた。しかし、そう深刻になるな。まだ御役御免と決まった訳ではあるまい」

十四郎が慰めると、金五はふっと笑って、

「十四郎、覚えているか」

窓の下を顎で指した。

膝を寄せて十四郎が下を覗くと、十四、五歳とみえる町屋の子弟が数名、舟に乗って隅田川に繰り出すところだった。

舟は平舟のようで、屋根などない、重たい荷物を運ぶ作業用の舟である。

一同は酒も入っているとみえ、大声ではしゃぎながら、さっそくしゅるしゅると花火を上げては歓声をあげている。

隅田川で屋形船に乗って豪勢に上げる花火と違って、こちらはせいぜい打ち上がっても五間（約九メートル）ばかり、それでも弾ける音に合わせて、少年たちはどよめくのであった。

「小沼《こぬま》が酔っ払った時のことか……」

十四郎が思い出したように言うと、

「そうだ」

金五はふっと笑った。

十四郎も金五もまだ前髪のあった時代のことである。

道場仲間数人と隅田川で宴席を張った。

大人の真似をして、せめて河岸で酒を飲みながら花火を観賞しようということとになったのである。

むろん酒を飲むなど親には内緒だから、仲間たちは持ち寄った金で安酒を買い、柳橋《やなぎばし》の北側、隅田川の河岸地で酒盛りをしたことがあった。

将来を語り合っているうちに、小沼という男が酒を飲みすぎてひっくり返り、近くの医者に担ぎ込んだのだが、親たちにばれて大目玉を食らったことがあった。

十四郎にとっても金五にとっても懐かしい思い出だった。

「友はいい……特にお前とは一緒に仕事をすることができた。お前がいなかったら、俺はとっくに馘首《くび》になっていたよ」

「何を馬鹿なことを言っているのだ。確かにおまきは番屋に留め置かれてはいるが、俺は、おまきは最初から謀られた、殺人の濡れ衣を着せるために呼び出されたのだと思っている」

「……」

「こんなところで飲んでる場合ではないぞ、金五」

「十四郎……」

「俺は思うぞ。お前と万寿院様が決断したことは、人の情に適《かな》っている。それでこそ寺役人だ。御役御免になろうがなるまいが、そのことだけは胸を張れる。それにだ。仮におまきが罪を犯していたとしても、お前にはその真実を探る義務がある」

「分かっておる」

「少し飲んだら橘屋に戻ろう。お登勢殿も案じておる。おまきのことで、お前に話さねばならぬこともあるのだ。言っておくぞ。おまえとは一蓮托生《いちれんたくしょう》、同じ舟に乗っているのだということを忘れるな。俺はずっとそう思ってきたし、お登勢殿だってきっとそう思っている」

「十四郎……」

金五が十四郎を熱い目で見返した時、

「塙さんとお登勢殿だけではない。私を忘れてもらっては困るな」

するりと入ってきた人がいる。

北町奉行所吟味方与力《ぎんみかたよりき》、松波孫一郎《まつなみまごいちろう》だった。

「松波殿、どうしてここが分かったのだ」

金五が目を丸くして見迎えた。

「お登勢殿だ、ここではないかと教えてくれたのだ。まさかとは思ったが、お登勢殿の勘はたいしたものだ」

松波は笑った。

だが松波は、すぐに真顔になって、

「おまきの調べは私がやることになった」

と言う。

「まことですか」

金五の目が、瞬《また》く間に光を取り戻したように見えた。

「私が頼んだのです。お登勢殿から早々に連絡を受けていましたからね」

「それで、おまきは何と言っているのですか」

「殺しは認めていません。ただ、いくら認めないといっても、状況が状況ですから、茅町の番屋にいつまでも留め置くことはできぬと思われます。そうなると、小伝馬町《こてんまちょう》の牢屋に移して取り調べとなります。おまきもいくらか落ち着いてきたようですから、聞きたいことがあれば明日にでも茅町に出向いて下さい。番屋には、私の方から説明しておきます」

「かたじけない……」

金五の顔に、萎《な》えていたものが蘇ってきたようだった。

四

岡っ引の伊左次は、廊下の奥に設《しつら》えてある番屋の牢に十四郎とお登勢を案内すると、格子のむこうで髪を乱して板壁に背中をもたせて俯《うつむ》いているおまきを指した。

牢屋は四畳ほどあろうかと思われるが、牢に入っているのは、おまきだけだった。

おまきは、格子に人影が立っても、顔を上げて見ようともしなかった。一見幽《ゆう》鬼《き》のような有り様である。

ただ、横膝をしている足元の裾が割れ、赤い蹴出《けだ》しが覗《のぞ》いているのが、生き残って耐えている証《あか》しのようにも見えた。

「じゃあ、あっしは表におりやすから」

伊左次はそう言うと、町役人たちが執務をしている玄関脇の部屋に引き上げた。

「旦那……」

「おまきさん……お登勢です。十四郎様も一緒ですよ」

お登勢が格子戸に寄り、おまきを呼んだ。

するとおまきは、酔っ払いのようによろりと頭を擡《もた》げて、格子の外へ掬《すく》いあげるような目を向けた。

化粧っ気はむろんない。青白い顔だった。

「おまきさん……」

お登勢はその顔を見て絶句した。あまりにも痛々しい姿だった。

「お登勢様?……お登勢様、十四郎様」

おまきは這うようにして、格子戸の傍に来た。

格子に摑まって体を起こし、

「お登勢様……」

信じられない人の出現に目を瞠《みは》った。やがてその目からはらはらと涙が落ちる。

「しっかりなさい。お弁当を持ってきましたからね。後で食べて下さい。お許しはいただきましたからね」

お登勢は、持ってきた風呂敷包みを慌てて解くと、弁当の重箱をおまきに見せた。

「ありがとうございます」

おまきは、袖で涙をぬぐうと、堪《こら》えていたものが一気に噴き出したのか、背を震わせて嗚咽《おえつ》を漏らした。

だが、まもなくして顔を上げると、

「十四郎様、お登勢様、私、亭主を殺してなんていません。信じて下さい」

格子戸に取り縋《すが》って訴えた。

「信じているとも……おまき、だからこそ、こうしてお登勢殿とやってきたのだ。何があったのか話してくれ」

「私、最初から騙されていたんです。あの日、迎えにきた人と一緒に慶光寺を出て仙台堀まで出たところで、辻駕籠の中に押し込まれました……」

その時は、それでもまだ、一刻を争うほど新蔵の容体が悪いのだと思っていた。

ところが神田川に出て、相生町には向かわず御成道《おなりみち》に入ったところで、おまきは不審を抱いて、どこに向かうのかと聞いた。

すると男は、不忍池の茅町にある出合茶屋だと言い、向こうに着いたら自分の名を名乗りなさい。すべて手配済みだから何も心配はいらないと言ったのである。

おまきは言われた通りに茶屋に着くと名を名乗った。すると、すぐに離れに案内されたのである。

ところがそこには、危篤どころかぴんぴんしている新蔵が待っていた。

「騙したんですね、帰ります」

仲居が去った後、おまきは立ち上がった。

すると新蔵は、その腕を摑んで力任せに座らせて、

「お前に、頼みたいことがある。それをやってくれれば、今すぐにでも離縁を承諾する」

と言ったのである。

おまきは半信半疑で膝を直して新蔵を見た。

新蔵は僅か一年の間に、ずいぶんと痩せていた。目が荒《すさ》んで、一緒に暮らしていた頃の新蔵とは思えぬ形相《ぎようそう》をつくりあげていた。

――この人は仕事をしていない。

おまきは新蔵の顔を見て、そう思った。

胸が痛んだ。

少なくとも、自分が新蔵の傍から姿を消したことで、この人は自棄《やけ》っぱちになって、悪い道に入ったに違いない。

自分は温かい人たちに囲まれて日々暮らしているが、理由はどうあれ、この人

はそうではない。もともと気の弱い人だったから、周りの人の影響を受けやすいのだと、おまきは目の前で、ふてぶてしく見える新蔵の顔を見返した。

「頼みたいことってなんですか」

「富沢町の叔母さんに、お前から頼んでくれないか。三十両貸してくれねえかとな」

「……」

おまきは、呆れて声も出なかった。

新蔵は、いや……と言葉を濁すと、

「お前《めえ》が借りてくれ。それを手切金にしようじゃねえか」

と言ったのである。

「おまえさん、何を言ってるのか分かっているんですか。これまでだって、叔母さんには一分《ぶ》だ一朱《しゅ》だと何度も借りてきてるんですよ。それもまだ返してないのに、私にはそんな頼みごとはできません。そうでなくても、私は叔母の家では厄介者だったのに……」

「そこをなんとか頼むよ、なあ……おまき、夫婦じゃねえか」

「嫌です。できません」

「俺が、どうなってもいいのか、お前は。袋叩きになってもいいのか」

「好きにすればいいじゃないか、そんな種を蒔《ま》いたのは自分でしょ」

「おまき、てめえ……」

新蔵は、拳を振り上げた。今にもこちらに振り下ろしそうな気配である。

おまきは口を噤《つぐ》んで下を向いた。かつて新蔵に暴力を受けた時の恐怖が蘇った。

「お登勢様……そういうやりとりが夕刻まで、何度も繰り返されたのです。帰ろうとすると殴られそうになる。恐ろしくて座っていると、借金の話を繰り返す……私はとうとう決心して立ち上がりました。お寺の門限も気になっておりました し、一緒にいても憎しみが増すだけだと思ったのです」

おまきは、そこで恐ろしいものを見るような顔をした。そして大きく息を吐くと一気にしゃべりはじめた。

おまきが新蔵の手を振り切って外に出ようとして障子を開けると、そこには覆面をした見知らぬお武家と、おまきを迎えにきたあの男が、冷たい顔をして立っていた。

おまきは咄嗟《とっさ》に、殺されると思った。

だが、声を出すより先に、お武家の拳がおまきの鳩尾《みぞおち》に伸びてきた。

そこに痛みが走った時おまきは意識を失ったが、その時、おまきの耳に「やめろ」と叫ぶ新蔵の声が聞こえた。

「気がついた時には、茶屋のみなさんに囲まれていて、私の手は血だらけになっていました。そして、新蔵さんが……あの人が死んでいたのです」

おまきは震える声で言い、まだ悪夢の中を彷徨《さまよ》っているような視線を送ってきた。

「おまき、おまえを寺に迎えにきた男だが、どこの誰だか分からぬか」

「分かりません。見たこともない人でした」

「顔は覚えているな」

「はい」

おまきは、はっきりと言い、頷《うなず》いた。

「こんな情けない話、亡くなった夫に聞かせられませんよ。そうでございましょ、お登勢殿。わたくしは、悔しくて悔しくて、もう夜も寝られません。それなのに千草《ちぐさ》殿ときたら、そうでしたか……なんて呑気なこと言って」

金五の母波江《なみえ》は、町駕籠で橘屋に乗りつけてくると、お登勢を摑まえて、尽きるともない愚痴を並べ始めた。

「お母上様、まだ近藤様は御役御免になるとは限りません。もう少し様子をみられたらいかがでしょうか。なんでしたら、近藤様の顔を見てこられたらいかがです。少しは気も鎮まるかもしれません」

「いいえ、わたくしは金五の顔など見たくはございません。なんといって慰めてやったらよいものか……あの子は優しい子です。幼い頃からそうでした。優しさが災いしたのでございますね。きっとそうでございますよ」

「お母上様……」

お登勢は、お民が運んできた麦湯と水羊羹《みずようかん》を、波江の前に置いた。

麦湯はギヤマンの湯のみに入れてあり、水羊羹は『虎《とら》屋』のもので、塩漬けした桜の葉に載せてある季節感溢《あふ》れるものだった。

波江はちらとそれに目を走らせて、

「その優しさがですね、女房殿が女だてらに道場に没頭するのを黙認しているのです。それでもって子もできずに、わたくしは世間様にも恥ずかしい思いをしているのでございます」

「大丈夫ですよ、きっと、可愛いお孫さんが、そのうちお生まれになります」

「そんな慰めをおっしゃって。おやめ下さいませ。お登勢殿、ものは相談でございますが、千草殿にあなたから、もういい加減に道場なんてやめてですね、子づくりに専念するように申していただけませんでしょうか」

「わたくしが、ですか」

「はい。お登勢殿と十四郎殿は、二人の仲人ではございませんか」

「でもそれは、千草様と近藤様がお考えになることです。お母上様のおっしゃるようなお考えならば、近藤様だって、はっきり千草様に申されるのではありませんか」

「とんでもないことでございますよ。金五は千草殿の尻に敷かれっぱなしなんでございますから……まったく、いらいらしてしまいます」

波江は、そのいらいらを、麦湯を飲み水羊羹を頬張ることで、おさめようとしているかのようだ。

ぱくぱくごくん……あっという間に口の中に消えた。

お登勢は、胸の中でくすくす笑った。だが大真面目な顔で頷いていた。

なにしろ、波江に少しでも反論しようものなら、半日一日がかりで、延々愚痴られるのが落ちだった。

その恐怖で、誰しもが口を噤むのであった。

波江は、腹の中におさめる物をおさめると、改めてお登勢を見て、

「お登勢殿が、そのようにおっしゃるのなら、それを信じます。でもお登勢殿、折があったら金五に申して下さいませ。母の目の黒いうちは、御役御免などという話は聞きたくないと……」

「承知しました。折をみてお伝え致しましょう」

「ほっほっほっ。今日はあなた、結構な暑さでございますよ。風がございませんから、そのせいかしらね。冷たいものはいくらでも欲しい気が致します」

ちらと空になったギヤマンを見る。

「お民ちゃん……」

お登勢はお民を呼んで、麦湯のおかわりを言いつけた。

波江はひとしきりしゃべって、涼しくなるのを待って帰っていったが、入れ違いに藤七が帰ってきた。

藤七は、植木職人の親方政之助の弟子源八から、新蔵が出入りしていた武家屋敷は、下谷の野瀬《のせ》様と言っていたと聞き、武家屋敷の配置図を片手に、野瀬という屋敷を虱潰《しらみ》しにあたっていたのである。

「その顔は、何か分かったのですね」

お登勢は、せっつくように藤七に聞いた。

「はい、新蔵が出入りしていたお屋敷ですが、野瀬修理《しゅり》様、下谷の明神《みょうじん》下にお屋敷がある三百石《こく》の御旗本《おはたもと》でございました」

「お役は……」

「出入りの魚屋に聞きましたところ、三年前から無役だということです。賭場は三日に一度、夜の五ツ頃から夜を徹して開いているようでございます。ちょうど今夜もその日にあたっています。この目で確かめてきます。新蔵さんとのかかわりについて、何か摑めるかもしれません」

「無理はしないで下さい。危ないと感じたら、すぐに引き上げてくるように」

「承知しております。では、夕食を頂きましたら出かけます」

「藤七……」

お登勢は、立ち上がると、簞笥《たんす》の中から手文庫《てぶんこ》を取り出して、中から三両ほどを袱紗《ふくさ》に包んで藤七の前に置いた。

「手ぶらでは怪しまれます」

藤七は神妙な顔で頷いた。

五

十四郎が不忍池のほとりにある茅町に走った時、番屋の前にはすでに人だかりができていた。

岡っ引の伊左次から、本日未明、おまきは小伝馬町に送られることになったと、連絡を受けていた。

縄をかけられ番屋に留め置かれた者は、疑いが晴れれば解き放たれるが、白か黒かの判断に時間がかかる場合や、あくまでも頑固に自白しない場合には、小伝馬町へ送られることになる。

むろん、町奉行所の認めの印を貰わなければ、同心が勝手に小伝馬町の牢屋敷に送る訳にはいかない。

しかし、町々にある番屋も大番屋も長く容疑者を置いておく訳にはいかないから、おまきのような場合には、入牢《じゅろう》の手続きがとられるのである。

入牢させておいて、じっくり吟味し、白状すれば刑が執行されるという訳だが、それにしても、おまきが小伝馬町に送られるとなると、自棄《やけ》になって、やってもいない夫殺しを認めるのではないかと、十四郎は危惧《きぐ》していた。

けっして希望を捨てないように、そのことを一言おまきに言ってやらなければ……十四郎はそんな思いで来てみたが、もはや、それも伝えることができるのかどうか案じられる。

まもなく、人だかりの中からざわめきが起こったと思うや、同心に付き添われて、おまきが出てくるのが人垣の後ろからも見えた。

「おまき……」

十四郎の呼びかけに、おまきはふと顔を上げて十四郎を見た。

そしておまきは、しっかりと頷いたのである。

するとその時、

「旦那、塙の旦那……」

岡っ引の伊左次が人を割って、十四郎の傍に来た。

「おまきですが、松波様のお計らいで、小伝馬町ではなくお奉行所の仮牢に入ることになりやした。下手人は別にいる……そういうお考えなのだと思います。小伝馬町に入れられたら、白状させるのが目的のようなものですから、お調べもきつい。しかしこれで、少しはおまきの気持ちも楽でしょうし、なあに、本当にやってねえというのなら、きっと戻れます。まっ、そのためには真の下手人を捜さなきゃならねえが、あっしたちも気を抜かずにやってますので……」

伊左次はそう言うと、牢送りの行列に加わった。

いずれにしても、こうなったからには金五の進退が危ぶまれる。

十四郎は一行を見送って踵《きびす》を返した。

ふと見た視線の先に、大松屋の仲居、お久の姿があった。

お久は十四郎の姿を認めると、小走りしてやってきて、

「塙様、庭の裏木戸の閂ですが、直蔵さんに聞いてみたんですが、閉まっていた筈だと言うんです」

「そうか、手数をかけたな」

「いえ……でもちょっと変な話を聞いたんですよ」

お久は声を小さくして、

「おまきさんがお店に駕籠を乗りつけてきた時の話ですが、仲居の一人が、直蔵さんがおまきさんの駕籠に付き添っていたなんて言うんです」

「何……」

「おまきさんの乗った駕籠が店の表で止まった時には、誰も付き添ってなんかい

ませんでした。それは私も知っています。でも、その人が言うのには、茅町の入り口あたりで、駕籠の後ろを小走りしてついていた直蔵さんを見たんだって……その人、隣町の池之端《いけのはた》にお使いに出されていたんです。まさか見間違うこともないと思うんですが、なぜ直蔵さんが知らんぷりしているのか、私、直蔵さんに聞いてみようかと思ったのですが、なんとなく、恐ろしい気がしてきて……」

「いや、それで十分だ。あんたは素知らぬ顔でいてくれ。もしものことがあっては困る。それより、もう一つ聞きたいのだが、おまきは包丁を持ったまま倒れていたらしいが、その包丁は固く握られていたのかね」

「いいえ、ご亭主に被さっていた体を離すと、ぽろっと下に落ちました」

「……………」

俄かに目の前に、光が射してきたようだった。

おまきが茶屋の離れから廊下に出ようとしたその時、阻むように廊下に立っていたのは、覆面をした武家と、慶光寺に新蔵が危篤だと嘘をついて迎えにきた男だと、おまき自身から聞いている。

その男が直蔵だったとすると、納得がいく。

裏木戸の開閉も直蔵なら自由にできるし、それなら、頃合を見て外からそっと覆面の武家を招き入れることだって可能ということになる。

おまきが握っていた包丁も、気絶したおまきに握らせたことは間違いない。

覆面をした武家というのが、藤七が昨夜調べてきた野瀬だったとすれば、今度の事件のおおかたの役者がそろったことになる。

はたして十四郎が橋屋に引き返すと、藤七が中間《ちゆうげん》くずれの男とお登勢の部屋で待っていた。

むろん、お登勢もいて、金五も十四郎が橋屋に入るとすぐに、寺務所からやってきた。

「渡り中間の清松《きよまつ》でございやす」

と男は言った。

丸顔の、眉の濃い男だった。歳は三十前後かと思われるが、何かに怯えているように、膝に両手をつっかい棒のようにして踏ん張って、掬いあげるような視線を投げてきた。

「この人が新蔵さんといつも連れ立っていたと聞きまして、賭場を出て一杯やりながら、新蔵さんが殺されたことを話しましたら、突然震えだしましてね、次は自分かもしれないと……」

藤七がまず、清松に視線を走らせながら告げた。

するとと、藤七のその説明を待っていたかのように、清松は顔を起こすと、

「新蔵は、野瀬様に殺されたに違いありやせん。新蔵が殺されたのならあっしだって危ねえ。あっしたち二人は、見ちゃあいけねえものを見たのでございますよ。野瀬様はそれが人に知れるのを恐れて、それで新蔵を殺《や》ったんです。間違いねえ」

一気にしゃべった。

「清松といったな。お前の命は預かった。安心してその、見ちゃあいけねえものとやらを話してくれ」

十四郎が聞くと、清松はほっとした表情を一瞬見せたが、すぐに「実は……」と怯えた顔を向けた。

それは今年の二月の末の早朝のことだった。

前夜から野瀬家の中間部屋で博打をし、部屋の隅で仮眠をして朝を迎えた清松と新蔵は、顔見知りの野瀬家の中間から、近頃どこからか屋敷にある泉水《せんすい》に鶴が降りてくるのだという話を聞いた。

御府内やその周辺には、渡り鳥が多数やってくる。

鶴もそのひとつだが、野瀬家の中間が言うのには、野瀬家の池に飛んでくる鶴は、羽が真っ白ではなくて、ずいぶんと鼠色がかっている。

主の野瀬修理は、それがために、あれは外道《げどう》だと言い、鶴が飛来してくるたびに顔をしかめるのだというのである。

清松と新蔵は、一度見てみたいものだ、こっそり見にいこうということになった。

二人は中間部屋を出ると、母屋の書院の前にひろがる泉水に向かった。

この泉水の一方の庭には、修理は矢場を設《しつら》えており、朝晩弦《つる》を鳴らして、その腕を鍛えていた。

修理はことのほか武芸好きで、稽古は弓矢ばかりではなく、剣術も馬術も好きだった。

清松と新蔵が泉水近くの植木の中に忍び込んだ時、辺りには人影はなく、二人は水の上で遊ぶ鶴を見た。

鶴は確かに、白くはなかった。鼠色をしていた。

鶴は白いものだと思っている清松たちには、その鶴が異様に見えた。

主の修理に外道とまで言われるその鶴が哀れにも思えたのだが、確かに縁起がよい姿ではないと思った。

二人は期待していたほどでもない鶴を見て、すぐに植木の中から腰を上げた。

その時だった。

うなるような音がしたと思ったら、鶴が一際高く鳴いた。

鶴の胸に矢が突き刺さっていたのである。

驚愕して清松と新蔵が矢の飛んできた方を見ると、諸肌《もろはだ》を脱いだ修理が、静かに、構えていた弓を下ろすのが見えた。

くわっくわっ……と最後の力を振り絞るように長い首を振って鳴く鶴を見据えて、野瀬修理は鬼でも退治したかのように冷笑を浮かべていた。

修理は二人に気がつくと、矢をつがえて今度はこちらに狙いを合わせてきた。

「と、殿様、お許し下さいませ」

新蔵が叫ぶと、こっちに来いと顎をしゃくる。

二人は、おそるおそる近づいた。その間にも、修理の矢は、二人を捉え続けているのである。

「あの鶴をここに持て」

修理は、甲高い声で怒鳴った。

「お、お許しを……」

二人は平身低頭するが、

「鶴と同じ目に遭いたいか」

きりきりと弓を引く。

「や、やります、やります」

二人は泉水の中に先を争って飛び込むと、最後の力を振り絞って羽をばたつかせている鶴を捕まえて引き上げた。

「忌々《いまいま》しい鶴だ。縁起でもない体《てい》でわが屋敷に飛んでくるとは許せぬ。そうだ、鶴なべにしてくれる。お前たち、鶴の羽をむしって料理しろ。ただし、羽は土中に埋めろ。よいな」

青ざめて震えている二人を見下ろして言い、声もたてずに笑みを浮かべると、くるりと背をむけて家の中に入った。

鶴を殺せば、たとえ御旗本でもよくてお取り潰し、ひょっとしたら死罪になるやもしれぬ大罪だ。

命じられたとはいえ、鶴の羽をむしって鍋にしたと話す清松の顔は青ざめていた。

清松は、みんなを見回すようにして言った。

「それからは、あっしたち二人は特別扱いでした。金がなくとも博打はできたし、時折殿様のお供をして、珍しい物も食べさせてもらいました」

「口封じではないか」

金五が怒りの声を発した。

「へい、その通りです。外に漏らせば殺される。だが、ほどほどにたかっている分には、結構な金蔓《かねづる》じゃねえか……あっしはそう嘯《うそぶ》いて開き直っておりやしたが、新蔵はそのほどほどを踏み越えちまったのでございますよ。新蔵は外の博打場で大借金をしたんでございます。そしてその金を殿様に無心したんです。断られたと言ってましたが、あっしはその時、新蔵は殿様を脅したんじゃねえかと……殿様は近頃じゃあ、新蔵のかわりに、出合茶屋の若い衆で直蔵という男を可愛がっておりやしたからね。ですから煙たくなった新蔵を、直蔵と二人して嵌《は》めて殺したんじゃねえかと……」

「大松屋の直蔵のことか」

と十四郎が聞いた。

「へい、ひょろっと背の高い、青白い顔をした男でございますよ」

「そいつだ。そいつがおまきを迎えにきた者だ」

金五は興奮した声を上げると、

「一つ聞くが、お前は鶴の羽を埋めた場所は覚えているな」

「へい、忘れたことはございやせん」

「よし……いずれ案内してもらうぞ」

金五は言い、十四郎とお登勢に得たりという顔をしてみせた。


「えい……はっ……」

早朝の柳原河岸《やなぎわら》を馬に鞭《むち》打って駆けるのは、かの野瀬修理だった。

その修理の後を、金魚の糞のようについて回っているのが、直蔵だった。

十四郎は金五と先ほどから修理の様子を窺っていた。

渡り中間の清松の話によれば、野瀬は三年前まで御徒頭《おかちがしら》を拝命していた。役高千石の名誉ある御役であった。

将軍が御成《おなり》の時には、先駆して進路を警護し、御鷹狩《おたかが》りにも同道した。

三年前の正月、将軍の御鷹狩りの警護を賜《たまわ》った野瀬修理は、品川《しながわ》の御鷹場近くで、小川で魚を釣っていた老人を打ち据えた。

むろん配下の者にやらせたのだが、老人は打ち所が悪かったのか死んだ。

修理にしてみれば、御鷹場を荒らす者を処罰することはお役目第一と考えてのことだったが、人ひとり殺してしまったことと、御鷹狩りを汚《けが》してしまったことを逆に罪に問われて、御徒頭を罷免《ひめん》させられてしまったのである。

家禄三百石の者が役高千石のお役目を取り上げられたのだ。

屋敷で賭場を開かせているのも、少しでも金が欲しいからだった。

修理にすれば、鴨《かも》だの鶴だの、御鷹などというものは、名を聞くだけでもおぞましい存在だったのである。

ところがあろうことか、庭に鶴が迷子のようにやってくるようになった。

それも白い美しい鶴ならばまだしも、薄汚れたような羽を持った鶴である。

——ふん、お咎めを受けたこの俺に、ふさわしい鶴だというのか。

歪《ゆが》んだ誇りが、修理をそんな思いに駆り立てたのだった。

——だから殺したのだ。

清松は、そのように修理から聞いたと、十四郎たちに話してくれたのであった。

新蔵殺しは密室の出来事であり、見た者はなく証人もいない。それに相手が旗本ともなれば、迂闊《うかつ》に下手人扱いするわけにもいかぬ。

否定されたら一巻の終わり、次に打つ手がないではすまされぬ。

「動かぬ証拠を突きつけて、それが新蔵殺しの証明となる……となると、鶴殺しで奴を落とすほかあるまい。清松が鶴の羽を埋めたところを知っているから、それが決め手になる。そうだろう、十四郎」

金五は腕を組んで、遠くで得意然として馬を乗りまわす修理を捉えて言ったのである。

「うむ。あの二人、同時に確保せねばならぬな。直蔵を先に捕縛したなら、野瀬は証拠の湮滅《いんめつ》をはかるだろう」

「そういうことだ。よし……」

金五は腕を解いた。

「どうするのだ」

「俺が直接ぶつかってみる」

「止《よ》せ。それなら俺がやろう」

「いや、俺がやる。十四郎、おぬしには最後まで言うまいと思っていたが、俺の御役御免はほぼ決まりだ。もう怖いものはない。最後の仕事だ。俺にやらせてくれ」

金五はそう言うと、河岸にゆっくりと下りていった。

そして、修理が駆けてくる前に大胆にも立ちはだかったのである。

「危ない、何をする」

修理は、馬の手綱《たづな》を強く引いて、いななく馬を止め、大手を広げて立ちはだかった金五を睨《にら》んだ。

「誰だ、名を名乗れ」

「慶光寺の寺役人で近藤金五という」

「何、寺役人だと……」

「貴殿の悪行を人知れず摑んだ者だ。別れ話がこじれていたのに便乗して、植木職人の新蔵を殺し、その罪を女房のおまきになすりつけるために、寺からおまきを誘い出した」

「何を寝ぼけたことを……」

「おかげで俺は御役御免の憂き目に遭っている」

「御役御免だと……」

修理は面白そうに笑った。

「気の毒な話だな。だがいずれも拙者にはかかわりのないこと……退《ど》け」

「退かぬ。貴殿と勝負をしたい」

「勝負……見かけによらず殊勝《しゆしよう》なことを言う、何のための勝負だ」

「自身に決着をつけるためだ。ただし、果たし合いは御法度《ごはつと》。表沙汰になれば、貴殿も俺もただではすむまい。そこで、場所は貴殿の屋敷内を希望する。いかが……」

「……………」

「臆《おく》したか」

「馬鹿な。よし、退屈しのぎに受けて立ってやる。期日は三日後、夕七ツ」

「よかろう」

二人は、険しい顔で睨み合った。

次の瞬間、修理はくるりと馬の向きをかえ、走り去った。

「金五……」

十四郎が歩み寄った。

「これで、堂々とあの男の屋敷に入れる」

「しかし……」

お前の腕で勝てるのかと、十四郎は修理の後ろ姿を追う金五の横顔を見た。

六

金五は、正眼《せいがん》に構えて身動ぎもしない。

しかし、汗は額をくまなく濡《じ》らして光っていた。


脇の下も、首筋もすでに濡れている。

次の一手をどう打つか、金五の頭の中は混乱していた。

夏の陽射しは道場の中ほどまで白い光を投げていたが、門弟の一人もいない千草の道場は、この世に、金五と千草の他には誰もいないような静けさだった。

先ほどから二度、金五は千草の竹刀《しない》で打ち据えられている。

一足一刀——。

神田の平永町《ひらながちょう》にある伊沢《いざわ》道場で、十四郎たちと教わった「切り落とし」の術。

長い間剣を持つことのなかった金五は、一刀流の基本であるこの技で千草を打とうと考えていた。

相手が斬りかかってくるのに応じて、こちらが斬り込み、突きを見舞う。

身を捨ててかかる一拍子相打ちの剣である。

だが、千草は少しも金五の誘いに乗ってはこなかった。するりするりと右に回ると、千草はその場で体を僅かに回転させるだけで、打ち込んではこなかった。

業《ごう》を煮やしてこちらから誘いのつもりで踏み込むと、一瞬のうちに金五の竹刀は、天井に飛んだ。

敏捷《びんしょう》に動いているようでも、千草と比べれば気迫で負け、体もなまりのように重かった。

「あなた、わたくしを女房だなどとちらとでも考えてはなりません。存分にお打ち下さい」

千草はそう言うが、別に手加減などしているわけではない。

「そのような腰つきで、誰の剣に勝てるというのでしょうか。さあ」

千草は叱咤《しった》する。

金五は一歩前に出た。

捨て身で間合いを詰めた。

千草も一歩、静かに左足をすいと寄せると、次の瞬間、金五の頭上に竹刀を振り下ろした。

「来た」

 金五は、ぎりぎりのところでこれを払って、返す竹刀で千草の胴を突いた。

 だが千草は、突かせるとみせて、金五の竹刀を横薙《な》ぎにして払うと、すかさずその竹刀を返して、金五の喉元にぴたりとつけた。

「まいった」

金五はがくりと膝をついた。

僅かそれだけの動きだが、大きく肩で息をしている。

一方の千草は、汗ひとつかいてはいない。

「お立ち下さい。あなた……」

「いや、一服しよう」

「駄目です、立ちなさい」

千草が一喝した。

「千草……」

「これでは、あなたはきっと討たれます。さあ早く」

千草は容赦のない声を上げて、金五を見下ろした。

金五はのろのろと立ち上がると、竹刀を拾った。

千草が強いことは先刻承知、第一、金五が千草と結ばれるきっかけになったのは、金五が橋の上で旗本の子弟のごろつきたちに襲われていたのを千草に助けてもらったことによる。

美貌なだけではなく、自分にはない強い精神と剣の遣い手というまれにみる女子《おなご》に、金五は一目惚れしたのであった。

十四郎とお登勢に仲に入ってもらって一緒になったが、金五が感じていた千草の良さは、それればかりではなく、剣を置けば従順な妻そのものであった。

寺役人の金五は普段は寺の寺務所で寝起きしている。なにしろ定員一人の役人だから、すべて橋屋のお登勢に委ねて千草のもとに帰るという訳にはいかないのである。

だから五日に一度ほどは、この千草が開いている諏訪町《すわちょう》の道場に帰ってくるのだが、その時の千草は、自ら手料理をしてくれるし、寝間の中でも終始金五に従順だった。

金五は理想の妻を得たと思っている。

しかし……。

剣を持つと、千草は鬼になるのだ。

ちらと、女房に負けてたまるかという気持ちが起こった。

金五は総身を奮い立たせて再び飛び込み、猛然と千草の頭上に竹刀を振り下ろした。

「まだまだ」

千草は言いながら、金五の竹刀を、縦横に撥《は》ねのける。

乾いた竹刀の打ち合う音がしばらく続いたが、

「面！」

千草の竹刀が、金五の脳天に振り下ろされた。

「うっ……」

金五は一瞬眩暈《めまい》をおこして、そこに蹲《うずくま》った。

「何をしています。お立ちなさい」

「まっ、待て」

掌を広げて待ったをかけた時、

「お待ちなさい。これはいったい、どういうことですか」

波江が飛び込んできて、金五の前に立ちはだかった。

「母上様……」

驚愕して見返した千草に、

「何があったか存じませんが、酷《ひど》いじゃありませんか。あなた、それでも金五の妻ですか」

「は、母上、これには事情がございまして……いいから、ほっといて下さい」

「金五まで、何を言うのです。あなたがそんなだから、こんな目に遭うのです。草葉《くさば》の陰で父上も泣いておりましょう」

きっと千草を見据える。

そこへ、ゆっくりと十四郎が近づいてきた。

「おば上殿、これは金五が願って千草殿に稽古をつけてもらっているのですぞ」

「これは、十四郎殿。わたくしが余計なことをしていると……そう、おっしゃるのですか」

「そうです。今度の事件で、金五はめっぽう剣の強い男と試合をします。金五は、その男との試合に、寺役人としての身命を賭《と》しています。もう、後がないのですぞ」

「金五、お前……」

波江は金五を見詰めると、そこにへなへなとしゃがみ込んだ。

「お母上様……」

歩み寄り、波江の手をとった千草の腕に、

「千草殿……」

波江は、自分が所詮、我が子の苦境に途方にくれる一人の母親でしかないと知らされて、思わずすがりついたのである。

「金五、いい知らせを持ってきたぞ。松波さんは新蔵殺しに使われた包丁の出所を摑んだらしい」

「まことか」

「御成道筋の古道具屋で手に入れていた。包丁に銘《めい》が入っていたのだ。それで分かった」

「買ったのは野瀬の手下か」

「直蔵だ」

「直蔵……あの男が」

「そうだ。もう直蔵は町方の手に落ちているだろう」

「後は野瀬一人か……」

金五は、燃える目で、十四郎を見た。

「その者は誰だ。助太刀は許さぬぞ」

白い襷《たすき》に鉢巻きをして庭に立った野瀬修理は、頬をぴくりとさせて言った。

修理の右手には木刀が握られている。

「いや、この者は見届け人だ」

金五は、離れて立った十四郎を、ちらと見て言った。

対峙する金五もまた、白い襷に鉢巻きを締め、同じく木刀を摑んでいる。

「しかし物好きな奴よの。木刀とはいえ、おぬし、俺と闘えば命はないぞ」

「どうかな、己の命がどうあれ、俺は、役人として貴殿を許す訳にはいかぬ」

「ふふふ、まだ、世迷《よま》いごとを言っておるのか」

「世迷いごとではない。貴殿は、屋敷の中で賭場を開かせてその上がりをくすねているばかりか、この庭の池で矢を射て鶴を殺した。鶴を殺生《せっしょう》するは重罪だ」

「何……」

修理の顔を凶暴なものが走り抜けた。

「そればかりか、殺した鶴を新蔵と渡り中間に料理させて食したというではござらぬか。罪の上塗りだ」

「貴様、でたらめを言うな」

「それだけではござらん。邪魔になった新蔵を殺すために、寺入りしている女房を亭主が危篤だと嘘をついて外に呼び出させ、出合茶屋の離れで新蔵を殺した後、その罪を女房に着せたのだ」

「黙れ、黙れ、証拠もないことを延々と。一体どういう魂胆だ」

「証拠はある。茶屋の若い衆の直蔵に犯行に使用する包丁を買いにいかせたらしいが、昨日、奉行所はこれを突き止めた。直蔵は今頃は奉行所の牢に入っている筈だ」

「そうか……それでお前は、俺とここで立ち合うなどと言ったのか」

修理は声を立てて笑った。そして言い放ったのである。

「お前の期待に添えず気の毒だが、博打のことは知らぬ。新蔵とやらも知らぬ。まして鶴を殺したなど、誰かの妄想だ。これが俺の答えだ」

修理は、手にあった木刀を放り投げた。そして、腰の刀を引き抜いた。

「理不尽な言いがかりをつける慮外者《りょがいもの》、許せぬ。斬る」

言うが早いか、刀を下段に下ろしたまま、金五めがけて走ってきた。

金五が慌てて刀を抜いた時、修理は刀を上段にふりかざし、金五の頭上に鋭い一撃を叩きつけてきた。

手が痺《しび》れるほどの衝撃が走り抜けた。

躱《かわ》すのがやっとのことで、修理の剣を撥ね返すと、金五は後ろに跳んだ。

「ふん、少しはできるようだな。しかし今のは小手調べだ。今度は命を貰う」

修理はだらりと剣を下げた。

全身の力を抜いて投げ出したように見えるが、目の色は異様な光を放っている。

底の知れない威圧感が見えた。

そう思った瞬間、金五の体にどっと汗が噴き出た。

この屋敷の庭で修理と向かい合った時、痩せた背の高い男だという印象の他は、それほどの恐怖はなかった。

だがここに至って、金五は千草の言葉を思い出していた。

「わたくしが伝手《つて》を頼って調べましたところでは、野瀬修理様は無天流《むてんりゅう》では目録《もくろく》を頂いていると聞きます。無天流は、相手の隙《すき》の一分も見逃さず、一撃にして死に至らしめるという恐ろしい剣です。わたくしがあなたに申し上げられることは、決して隙を見せないこと。心で負けた時には勝負は決まっています」

そんな恐ろしいことを言ったのである。

——まもなく陽が落ちる。それまでに……。

しかし、それは修理も考えているに違いなかった。

今度の一撃で勝負は決まる。

また、千草の声が聞こえてきた。

「五感を信じることです。目をつむれば恐怖はなくなります。相手の動きも見えてきます」

千草は、無想無念の中に相手の動きを読んだその一瞬に、目を見開いて打ち返し、同時に、修理の懐を刺せと金五に教えたのだった。

まさに捨て身の戦法だった。

だがその捨て身の戦法こそ、一刀流の極意に通じるものだった。

修理との間は五間。金五はそれを確かめてから、静かに目を閉じた。不思議と恐怖が消えていくのが分かった。

まもなく、砂を蹴る音が聞こえた。

すべるように走り出した修理の足音を、耳朶《じだ》にしっかりと捉えた時、金五は目を大きく見開いた。

その時修理は、下段の剣を脇上段に上げ、風を斬る斬撃《ざんげき》を金五に見舞ってきた。

金五はこれを迎え撃った。剣を合わせて強く撥ね返し、

「千草」

千草の名を胸で叫びながら、撥ね返した剣を返して修理の肩に振り下ろした。

「くっ……」

修理が小さな声を出した。肩口に血が滲んでいた。

「おのれ」

修理が顔を引き攣《ひ》《つ》らせた時、

「金五、そこまでだ。鶴の羽が見つかったぞ」

十四郎は、庭の奥の雑木の中から、腕を高く上げて走り出てきた清松を見て叫んだ。

清松が掲げた手の中には、数本の鶴の羽がしっかりと握られていた。

「ややっ」

修理は驚愕して、雑木の中を走ってくる清松を見た。

金五の狙いは、ここにあったのである。

自分が修理と対峙している間に、かねて土の中に埋めた鶴の羽を掘り、証拠の品として押収することだったのだ。

清松は雑木林を抜けると、門に走った。

「誰か、捕まえろ」

修理は家の中に叫ぶや、自身も清松を追って玄関に走った。

清松は、門近くでわざと修理を待ち受けると、ひょいと表に走り出た。

「待て」

修理も刀を手にぶらさげたまま、表に飛び出す。

だが、門を出たところで、修理は立ち竦《すく》んだ。

「それ！」

火事羽織《かじばおり》、野袴《のばかま》、陣笠《じんがさ》を被った松波孫一郎が配下の同心、小者《こもの》を従えて、待ち受けていたのである。

修理は屋敷に引き返そうと踵を返すが、そこには、十四郎が立ちはだかっていた。

「お登勢様、十四郎様、それに近藤様、たいへんなご心痛をおかけして、申し訳ございませんでした」

野瀬修理は切腹、直蔵は死罪と決まった翌日の晴れた朝、おまきは寺を出て、金五に連れられて橘屋に挨拶にやってきた。

金五が御役御免を免れたのはむろんのこと、事情を知った寺社奉行からは報奨金として一両賜っている。

おまきは亭主が死んでは寺入りの必要もないことから、殺人の疑いが晴れたところで寺を出ることになったのであった。

「あなたの方こそ、たいへんな目に遭いましたね」

「いいえ、万寿院様はじめ皆様のお心遣いは胸に刻んで生きていきます」

「それで……どうしますか、これから」

「ええ、新蔵さんと暮らした相生町の、あの長屋で暮らします」

おまきは意外なことを言ったのである。

「おまきさん……」

お登勢ばかりか、十四郎も金五も、驚いた顔でおまきを見た。

おまきは困ったような顔をして俯いたが、やがて顔を上げると、

「実は、お奉行所の仮牢に連れていかれた時、持ち物をお役人様に預けるようにと言われました。お財布をお渡ししましたら、入っているお金を確かめなさいと
……それで、お役人様の前で小銭も全部出したのですが、そこに、追い羽根の実

が一つ、入っているのに気がつきました」

おまきは、懐紙に包んだ黒々と光る実を、お登勢の前に置いた。

「これは……無患子《むくろじ》の実……」

「はい……所帯をもって間もない頃に、新蔵さんが私のために仕事先のお寺の庭から拾ってきてくれたものです」

「まあ……」

「私、お財布の中に入れていたのを忘れていたんです。ご存じのように私は叔母の家では厄介者でした。叔母の娘たちが着飾って羽根つきをして遊ぶのを横目に、台所仕事をして育ちました。新蔵さんはその話を覚えていてくれて、おめえは、叔母さんの手伝いが忙しくて追い羽根もついたことがないと言っていたろ、これに羽をつければ見事な追い羽根ができる。なにしろ、両手いっぱいに拾った中から選んだ実だ……そう言って、私の手を引き寄せて、掌の上に載せてくれたものでした。これを見た時、私……私、あの時の新蔵さんの温かい手を思い出したんです」

「おまきさん……」

「昔の新蔵さんを思い出したんです……そんな時もあったんだと……この小さな

黒い実は新蔵さんの形見……新蔵さんの本当の心はここにあるのだと……そう思うと、あの茶屋で気を失う寸前に『やめろ』と新蔵さんが叫んだのは、私の身を案じて悪い人に向かって叫んだ言葉だったんだと思えてきました。ええ、きっとそうです。だから私、新蔵さんのお位牌を守って暮らします。そう決めました」

おまきは、申し訳なさそうに言い、深々と頭を下げた。

十四郎はその時、懐紙の上の無患子の実が、一瞬艶やかな色を放ったのを見たと思った。

第二話　龍の涙

一

「夫婦の愛情なんて、初めからなかったのかもしれません」

お楽《らく》という女は、松皮模様の薄物の小紋の袖を団扇《うちわ》がわりにして、襟足にしきりに風を送った。

白い腕がちらちらと袖口から覗く。

お楽は、首の長い垢抜けた女で、目鼻立ちは美人というのではないが、ひとつひとつの所作《しょさ》には立ち昇るような色気があった。

半刻《はんとき》（一時間）前に橘屋の前を行ったり来たりしているのを、やってきた十四郎が認めて尋ねたところ、夫と離縁したいのだという。

すぐに帳場の裏の小部屋に案内したのだが、別れ話を抱えている女にしては、妙にさばさばした感じがした。

住まいは隅田川べりの花川戸町《はなかわどちょう》の裏店で、亭主は石工《いしく》をしていて辰造《たつぞう》というのだそうだ。

「初めから愛情がなかったら、一緒になりはしないでしょう」

お登勢はやんわりとたしなめた。

日盛《ひざか》りである。

庭に水を撒《ま》いても涼しいのはほんのいっとき、すぐに耳をつんざくような蟬《せみ》時雨《しぐれ》と一緒に暑さが家の中まで風に乗って入ってきた。

「寂しかったんでしょうね、きっと……一人よりは二人の方が気が紛《まぎ》れるもの」

他人事《ひとごと》のようにお楽は言った。

「そんなこと言って……」

今度はお登勢は、細い指を口元に伸ばして笑った。

「ほんとうですよ。一緒になった最初の夜だって、さっさと先に床に就いちまってさ……しょうがないから、あたしはあの人の繕《つくろ》い物なんかしてさ、気がついたら、あの人鼾《いびき》をかいて寝てましたよ。翌朝に言ったことがこれまた、おめえのお陰でぐっすり眠れた、だって……」

「照れくさかったのだろう。男はな、不器用にできておる」

十四郎は、辰造という亭主の肩を持つような言い方をした。

「まさか、あたしは初婚だけど、あの人は二度目なんですから」

にべもない。

十四郎も言葉を失した。

「前の女房に申し訳ないと思ったのかもしれませんね。だって、あの家で長患《わずら》いして亡くなったんですから。そこにもここにも、前の女房の思い出が染みついているんですものね。あたし、そういうことを考えないわけではなかったんだけど、幼馴染みの辰造さんが先妻を亡くして幽霊みたいな顔してるのを見て可哀相になったんですよ。だから最初のうちは、ご飯つくってやったり洗濯してやったりしていたんです。でも、そのうち、これならこの家にいた方が世話はしやすいと思ったのね。今考えたら馬鹿なことをと思うけど、その時は、本気でそう思ったんですよ」

「でもそれは、お楽さんの中に、辰造さんを放ってはおけないという気持ちが大いにあったんでしょう。それも愛情ではありませんか」

「あたしの方はね、そうだと思ったけど……いいえ、あの時はあの人も、すまねえ、よろしく頼むと言ったんですよ。ところがところが」

お楽は、またぱたぱたと袖で扇《あお》いで、

「一緒に暮らすようになって三年目になりますが、これまであたしが本当に、どんなに親身になって尽くしても、はんとかふんとか言うばかりで、ありがたいのひとことも口にしたことないんですから……あたしのこと、姉さんか、おっかさんだと思っているのよ」

お楽はそう言うと、自分は辰造より三歳も年上の女房だとつけ加えた。

お楽の訴えは、まだまだ続く。

「あたしはあの人が生まれた日には、肴《さかな》の一つも多く膳にのせてやり、一合《ごう》の酒を二合にしてやり、ある時には、新しい着物を縫って渡し、きちんきちんとお祝いをしてあげてるのに、あの人ときたら、あたしの生まれた日なんてしらんぷり……それで一度それとなく催促してみたら、おめえは歳のことを気にしているようだから、おめでとうなんぞ言ったら気を悪くするんじゃねえかと思ったんだ、なんて……そんな勝手な言い訳をする癖に、前の女房の位牌に手を合わせる時なんぞは、もう未練たっぷりで涙ぐんで……」

「……」

「気持ちは分かるんですよ、私だって。あの人、先妻ばかりか、一人娘も亡くしていますからね。でも、どうしても気持ちを明日に切り替えられない……あの人の人生はもう終わっちまってるんですよ。私と一緒に新しい暮らしを始めるなんて気は、これっぽっちもないんですから」

「お楽、これは俺の頼みだが、もう少し様子を見てやったらどうなんだ。聞くところによると、三歳年下というから、お前に甘えているのではないか」

「塙様、それだったら結構ですけど……近頃では仕事もほっぽりだして、博打に狂うわ、酒に溺れるわ、外に女までつくったんですから」

「何……」

「もう私の手には負えませんよ」

お楽は溜め息を吐いた。先ほどまでには見せなかった憂いの色を浮かべながら、お楽は二人のなれそめを語ったのである。

辰造とお楽は、小さな頃から田原町《たわらまち》の裏長屋で育った。

子供心に夫婦になるのを夢見ていた頃もあったが、辰造は石工として世間に認められるようになると、親方の娘だったおひろという可愛らしい娘と所帯を持った。

その話をお楽が聞いたのは、奉公先の小料理屋にやってきた客からだった。お楽だって所帯を持とうと言ってくれる人はいたが、家には体の不自由な母親もいたから、ずっと独り身を通してきた。

だが、その母が亡くなった頃、辰造も娘と妻を相次いで亡くしたとお楽は聞いた。

二人の間には長い空白があったが、子供の頃から気の弱かった辰造の暮らしを案じたお楽は、辰造を訪ねていった。

すると、やはりというか、辰造は仕事の意欲も生きる意欲も失って、酒を呷《あお》るその日暮らしを続けていた。

何とか救ってあげることはできないものか。せっかく世の人々に認められ始めたばかりなのに、このまま鑿《のみ》を置いては勿体《もったい》ない。その気持ちが、お楽を辰造に近づけた。

ところが辰造は、お楽と暮らすようになって、確かにいったんは鑿も握るには握ったが、すぐに放り出して、お楽の稼ぎを当てにして博打場に通うようになり、近頃は今戸《いまど》にある船宿『如月《きさらぎ》』の女将《おかみ》にからめとられてしまったというのである。

お楽は辰造を一度尾《つ》けたことがあり、船宿の女将がお稲《いね》というめっぽういろっぽい女だということも摑んでいる。

そんな折、ひょっこり辰造が帰ってきたことがあった。

お楽はその時、亡くなった人たちのお位牌の供養もほったらかしにして、あんな女狐《めぎつね》にからめとられて、恥ずかしくないのかと、手厳しく詰め寄った。

すると辰造は、あの女将は気の毒な女なんだ。旦那がいるんだが、その旦那と手を切りたい、自由の身になりたいと俺を頼りにしてるんだ、放ってはおけないなどと、もっともらしい言い逃れをするのであった。

――自分の始末もできない辰造の、どこに縋《すが》れるというのだろうか。

「お金もない、なんにもないあんたの、どこに縋れるというの。騙されてるのが分からないのかい」

お楽は諫《いさ》めるが、聞く耳を持つどころか、それ以来、辰造は居直って堂々と女のところに転がり込むようになったのである。

これじゃあますます転落していくだけだと考えたお楽は、なんとか密かに、お稲と手を切らせる方法はないものかと腐心《ふしん》した。

そして思いついたのが、板橋宿《いたばししゅく》にある『縁切り榎《えのき》』に願掛けをすることだった。

なんでも人の話に聞いたところによると、その榎に手を合わせ、榎の幹を削って持ち帰り、それを煎《せん》じて飲ませれば、たちどころに悪縁が切れるのだという。

お楽は、一日休みをもらって板橋に出向いた。

縁切り榎は、板橋宿の旗本近藤登之助《こんどうとのすけ》の抱《かかえ》屋敷の北側垣根にあった。

屋敷は一万五千坪もある大きなお屋敷で、縁切り榎は高さが五丈《じょう》（約一五メートル）もあるそうだが、幹のまわりも五抱えもあるという大木だった。

榎は根元から一丈あまりのところで幹が二つに割れて伸びていて、下から上を見上げると、葉は青々と茂り、ざわざわと怪しげに音を立てていて、いかにも御《ご》利益《りやく》がありそうな榎だと思った。

榎の幹に掌を当てると、木の精霊が自分の体に移ってくるような錯覚を覚えた。恐れを抱くほどの木の胎動を、お楽は感じ取ったのである。

お楽は早速、口の中で縁切りの願いを唱えながら幹を削った。

そうして持ち帰った木の皮ひとかけらを、ゆっくりと土瓶で煎じた。そして辰造を呼び戻し、その煎じ液を飲むように勧めたのである。

「元気が出るお薬だから、やる気が起こるって評判のお薬だから、飲んで……」

お楽は姉さん女房よろしく、辰造に優しく語りかけてその液の入った湯呑みを手渡した。

だが辰造は口をちょこっとつけたところで、訝《いぶか》しい顔を向けた。

「苦そうだな。おめえまさか、俺を殺そうとしているんじゃねえだろうな」

辰造はそう言ったのである。

「あんたをあたしが殺すって？」

お楽は笑って、

「あたしがあんたを殺して、どんな得があるんだい。殺すくらいなら、ここから出ていきますよ。まったく、そんな風にしかあたしのことを考えられないなんて情けない人ね。いいわよ、そんなことを言うのなら、あたしが飲んで毒じゃないってこと、証明しますよ」

「お楽……」

「あんたは、このあたしが信用できないというんだから、あたしが飲めば、その疑いは晴れるでしょ」

腹をたてたお楽は、辰造の手から湯呑みをひったくるようにして取りあげると、一気に飲み干した。

お楽はそこまで話すと、十四郎とお登勢を見て、

「ところがです。煎じ薬を飲んでまもなくでした。あたしの方が辰造さんと縁を切ろう……そんな気持ちが湧いてきたのです」

お楽は、くすりと笑った。皮肉な成り行きが我ながらおかしいらしかった。

「なるほど、噂通りの縁切りの妙薬だったということか」

十四郎は、笑うに笑えず、お楽の顔を見た。

「はい、今まで考えてもみなかったことでした。それで、去り状を書いてほしいと辰造さんに頼んだのですが、何を言ってるのかと頑《がん》として聞いてはくれません。それでとうとう、こちらまで走ってきたというわけでございます。何のための辛抱かと……何のための夫婦なのかと……やり直すのなら……今なら間に合う、そう思ったんです。よろしくお願い致します」

お楽は、深々と頭を下げた。

「そうでしたか……お楽さん、とうとう決心したんですね」

北本所《きたほんじょ》で葉茶屋を営む『日吉屋《ひよし》』の女将、おきのはしみじみと言った。

どうあっても別れたいというお楽の意を受けて、藤七はあれから辰造が転がり

込んでいるという今戸の船宿如月を見張っている。

辰造の現況を見定めた上で、夫婦の今後の仲裁をしようと考えてのことだった。

一方、十四郎とお登勢は、お楽と辰造夫婦の仲人役を務めてくれたという、おきのという女将を訪ねてきたのであった。

お楽の話によれば、おきのはお楽たちと同じ長屋の出で、運よく日吉屋の女将におさまった。長屋の住人たちの中では出世頭で、お楽も一度日吉屋に勤めていたことがあるという。

おきのはお楽より十歳ほど年長で、頼りがいのある人物だった。

だが、お楽の長屋と日吉屋とは、隅田川を挟んでいて、病の母親を抱えての通い勤めには無理があるため、お楽は日吉屋を辞めて近くの勤めに変えたのである。

だが時折、お楽は日吉屋に顔を出し、世間話をしていたこともあり、おきのは、辰造お楽夫婦のことについては、逐一知っていたのである。

お楽が橘屋に駆け込んできた話をすると、おきのはほっとした表情を見せたのであった。

「実を言いますと、見るに見兼ねて、だいぶ前からお楽さんには、別れるように勧めていたのです」

と言い、目の前のお茶を勧めた。

店先からは、茶を焙《ほう》じる香ばしいかおりが漂ってくる。

日吉屋は間口四間ほどの店構えだが、隅田川沿いの大通りに面しているから、客足のとぎれることはないようで、店先で静かに客の応対をする奉公人たちの立ち働く気配が、十四郎やお登勢たちのいる奥の部屋まで届いていた。

「お楽さんは、お茶を淹《い》れるのも上手でした。お客さんにも人気があったし、何も辰造さんと一緒にならなくても、嫁入り先はいくらでもあったのに……」

おきのは、おっとりとした目を向けて笑みを漏らした。

ぽっちゃりとした体つきも、言動も、葉茶屋の女将としての落ち着いた貫禄があった。

「辰造さんには私も一度お説教をしたんですが、馬の耳に念仏で……昔はああじゃなかったのに……」

「おきのさん、辰造さんがおかしくなったのは、やはり亡くなった先妻と娘さんのことをふっきれない……そういうことでしょうか。他にも何かあるのではありませんか」

お登勢は茶を喫すると、茶碗の飲み口に付着した紅《べに》を懐紙でふき取り、背筋を伸ばしておきのの顔を見た。

「船宿の女の人のことはお聞きになりましたね」

「聞いた。聞いたが、俺もお登勢殿も、お楽の話を聞いていて、辰造の迷いはもっと根の深いものがあるのではないか、そんな気がしたのだ」

十四郎が言った。

「根の深いものですか……」

「そうだ。お楽と別れたくないと言ったのは、めめしさだけではない何かがあるのじゃないかとな。心底船宿の女に身も心も参ってしまったのなら、あっさりお楽と別れてもいい筈なのに、別れようとはしない。つまり辰造の心は、まだお楽に残っている、そう思うのだ」

「それにしたって、お楽さんにしてみればいい面《つら》の皮……」

「むろんそうだが、辰造が暗い迷路に入り込むような、何か心当たりはないか」

「そうですね……」

おきのは、ちょっと考えていたが、

「ひょっとしてあのことかしら」

ふっと顔を上げて、十四郎を見た。

「あのこととは……」

「お楽さんと一緒になった頃、しばらく途絶えていた石工の仕事を始めたことがありました。龍を彫っていたんですよ。ところがある日、この龍が仕事場から消えたんです。風が強くて砂埃《すなぼこり》が目も開けられないほど舞い上がった日のことです」

「その話、いっとき読売で騒がれた、龍が昇天したというあれではないのか」

十四郎はふと思い出した。

それは一昨年の五月だった。

府内を例年にない突風が吹き荒れたその日、無名の石工が彫った龍がつむじ風とともに天に昇った。そのために細工場の屋根が落ちたという話であった。

近くに住む者が、確かにきらりと光って天に昇る物を見たという話まで尾ひれがついて、この世には人の理解できない不思議なことが起こるものよと、ひとしきり世間の噂を呼んだことがあった。

おきのは、そうです、その龍のことですと頷いて、

「なぜかあれから、また仕事をしなくなったんですね。あれが世に出ていれば、辰造さんは名工といわれる石工になっていたかもしれませんもの」

「ほう、それほどの彫り物だったか」

「私も一度、辰造さんが鑿《のみ》を使っている後ろから、そっと見せてもらったことがあるのですが、爛々《らんらん》とした目の輝きや、燃え立つような、あれはたてがみか髭《ひげ》かはよく分かりませんが、ものすごい迫力がある彫り物でした。これで辰造さんも、元の辰造さんに戻ってくれると、ほっとしたのも束の間、彫り上がった作品が、この世から消えてしまったのですから」

「……………」

「龍が消えたあの一件は、辰造さんだけではなく、彫り物を依頼した山城屋《やましろ》さんも、たいへんな落胆だったようでございます」

「山城屋とは……」

「太物《ふともの》商の山城屋宗兵衛《そうべえ》さんです。お店は本町《ほんちょう》四丁目にあります。以前から辰造さんの腕を見込んでくれていた方です。私より、辰造さんの彫り物については、良くご存じだと思いますよ」

おきのはそうは言ったが、

「どんな事情があるにしろ、辰造さんの身勝手は許されるものではないと思いますよ。私が見たところでは、もう辰造さんは元には戻れないと存じます。辰造さんに振り回されて、お楽さんのこれからをないがしろにしていい筈がありません。そうは思いませんか」

おきのは、厳しい口調で言ったのである。

二

「私の自慢の一つなんですがね……」

山城屋宗兵衛は、十四郎を泉水の傍に誘うと、傍《かたわ》らに羽を広げて伸び上がるように立っている鶴の彫り物を指した。

「辰造さんの作ですよ、これは」

「ほう……」

これが、龍を彫った男の作品なのかと十四郎も目を注ぐ。

鶴は平たい岩の上に足を下ろしていて、その岩の周囲の雑草の穂先が揺れているあたりは、生きた鶴がそこにいるような臨場感があった。

「傍まで参りますと石の彫り物だと分かりますが、座敷からですと本当の鶴のように見えます。お客様の中には、この鶴を譲ってくれなどと申されるお方もいらっしゃいますが、これだけは駄目ですとお断りしております。まっ、これは辰造さんの傑作のひとつといえるでしょうな……どうぞ、こちらへ……」

宗兵衛はよほど辰造の腕を気にいっている様子であった。我が子を自慢するように鶴を自慢して、十四郎を座敷の方へ導きながら、

「私も辰造さんのことについては心配しておりました」

顔を曇らせた。

「せっかく気働きがある嫁さんを貰ったのに、あの体たらくです。私は辰造さんには期待しておりましたからね、がっかりです」

宗兵衛は座敷の前庭までやってくると、頃合よろしく女中が持ってきた麦湯を縁側に置かせて十四郎に勧め、自身も腰を下ろすと、そこから先ほどの鶴をまた眺めた。

宗兵衛の鬢《びん》には白い物が混じっている。だが顔はつやつやしていて温厚そうな人だった。

「龍の彫り物を頼んだのも、辰造さんの再起を願ってのことでした」

宗兵衛は、麦湯を一口飲んで、そう言った。

辰造がお楽と一緒になってまもなくのこと、山城屋に挨拶に来た。

「亡くなった者を偲《しの》んで嘆いていても明日はありやせん。心をもちかえて、もう一度石工の仕事に専念しやす」

辰造はその時、そんな殊勝なことを言ったのである。

「おまえさんがそう言ってくれるのを待っておりましたよ。しっかり生きていくことが、亡くなった者への供養というものです」

宗兵衛はそう言うと、さっそく辰造に頼みたいことがあるのだと言い、座敷に上げて、一双の屛風《びょうぶ》を見せた。

屛風には雲を突いて昇天する龍の絵が描かれていた。

「狩野《かのう》派の絵師が描いた龍の絵です。どうだね辰造さん、あんたはあれだけの鶴を彫れる人だ。この龍を彫ってくれないかね」

宗兵衛は辰造の顔を窺うようにして言った。

辰造は屛風の前で腕を組んで座っていたが、

「やらせていただきやす」

宗兵衛にきっぱりと言ったのである。

「そうと決まったら、石材も西国《さいごく》から取り寄せましょう。金に糸目はつけませんよ」

宗兵衛はわくわくしていた。

この江戸には、彫り物塗物細工物、それに書画骨董と、その道の数奇者《すきしゃ》はびっくりするほど多い。

だが未だ龍の彫り物を持っている人物を知らない。

辰造に狩野《かのう》派の絵を下敷きにした龍を彫らせて披露すれば、宗兵衛の名は上がるし、辰造の名声もまた得られるというものである。

さっそく宗兵衛は、石材の調達にかかった。

そして辰造は半月も山城屋に通って龍を描き写し、やがて石材がやってくると、花川戸の隅田川べりにある河岸の小屋の中に運び込んで龍を彫り始めたのである。

「ところが、順調に彫り進み、あとは尾の具合を調整するばかりとなったある日、府内に突風が吹き荒れて、ご存じのように思いがけない事態となりました。私も最初は本当に龍は天に昇ったのかと思いましたよ。私はまだ一度も見てはおりませんでしたが、番頭の宗助《そうすけ》が時折、様子を見ておりましたからね。宗助は前代未聞の傑作だと言っておりました……ところが、肝心要の龍が実際あるべきところになく消えてしまったわけですから昇天の噂を信じるほかありません。落胆は致しましたよ、むろん。石材をこの江戸に運ぶだけでも、材料ともに百両はかかっておりましたから……」

「ふむ。俺が聞いた話では、細工場の屋根が崩れて、四尺（約一二〇センチ）四方もの穴が抜けていたらしいな」

「はい。私も見に行きました。辰造が小屋の前で呆然と立っておりました。その時は、天に召されて昇ったのなら仕方がないと、私も慰めたのですが……」

まもなく、町名主たちがしかるべく調べたところ、小屋の柱が腐っていて、それがつむじ風によって折れて小屋が崩れたものと分かったのである。

屋根に穴が空いていたのは、龍が飛び立ったのではなくて、龍のいる所に屋根が被さって穴が空いたものに違いないというのが結論だった。

「ほう……すると、龍はどこへ消えたのだ」

「はい。それだけはまだ分かっていないのでございますよ」

宗兵衛は顔を曇らせた。

その後、龍の昇天騒ぎは様々な波紋を呼んで、やれ龍は彫り手の身の汚れを嫌って消えたのだとか、盗まれたとしたら、ずさんな保管をした辰造の責任だとか、ひょっとして辰造が誰かに売ったのではないかとか、辰造に対する非難めいた噂ばかりが立ち始めたのである。

「辰造は、私に合わせる顔がないなどと申しておりましたが、やがて仕事場を放り出して、あんなに身を持ち崩していったというわけです」

「すると何かな。もしも、その龍が戻ってくれば、辰造は再起できるかもしれぬと……」

「はい。あの龍が戻ってくれば、辰造は家に戻ってくるのではないかと考えております。ですから私も、是非あの龍の行方を突き止めたいと手は尽くしているのですが……」

「しかし、盗むといっても、一人や二人でできることではあるまい」

「さようでございます。あのどさくさに紛れて盗むとしたって、重い石の彫り物です。少なくても五、六人の人の手と、龍を載せて運ぶ大八車かなにかが必要です。私はね、塙様。ああいう物を盗もうと考えるのは、私のように石の彫り物に興味のある人だと存じますよ。しかも人知れず龍を運ぶ段取りのできる財も必要でしょう。そんじょそこらの盗人が、やったとは考えられません。盗人があんな物を盗んでも、質屋や骨董屋に持ち込むわけにはいかないんですから、あれを盗んだ者は、いまごろ一人で眺めてほくそ笑んでいるに違いありません」

宗兵衛はその者の姿が目に浮かぶらしく、いかにも忌々《いまいま》しげに口を歪めた。

「調べてみるか……龍が戻ってくることで夫婦の仲がもとに戻ればそれに越したことはない」

「それはありがたい。お調べいただけるのなら、是非お話ししておきたいことがございます」

宗兵衛はさっそく番頭の宗助を呼んだ。

「塙様。こちらに小屋があったのでございますよ」

山城屋の番頭宗助は、吾妻《あづま》橋を望む花川戸の河岸に十四郎を案内すると、石くれの転がっている箇所を指した。

壊れた小屋は取り払われて、事故があった当時の小屋の様子は分かるべくもないが、雑草の茂る間に転がっている石材の残骸だけが、ここで石工が彫り物をしていたという名残《なごり》だった。

前面は隅田川で、川風はむろんのこと、つむじ風などはまともに当たる場所である。

——それにしても、辰造という男は、これまで積み上げてきた物をこんなに無残に振り捨てて、どうしようというのだ。

荒れるに任せてある作業跡を眺めながら、十四郎は嘆かわしい思いにとらわれた。

「塙様、細工場は川を向いて建っておりまして、間口二間、奥行き三間半はあったと思われます。小屋といっても瓦葺きでございまして、先妻の父親が亡くなる時に譲ってくれたものだと言っておりましたが、確かに老朽化はしておりました……」

宗助は手を広げて、当時の小屋の状態を説明しながら、自分はいつも、小屋には入らず、外から龍の出来具合を確かめて、主に報告していたのだと言った。

声をかけて、辰造の気を削《そ》ぐのを恐れてのことだった。辰造は作業をする時には、間口の戸は開けていた。光を取り入れるためもあったろうが、前面は隅田川で、戸を開け放っていても人に邪魔されることはない。それに五月ともなれば、日によっては真夏と勘違いするほど暑い日もある。つむじ風が起きた前日にも、いつものように間口は開け放って作業をしていた。外から見てもあらかた仕上がっているのが分かった。

宗助が引き返そうとしたその時だった。河岸に着けた舟の中から、じっと小屋に食い入るように見入っている初老の男に気がついた。

初老の男は下僕らしい供を連れ、贅沢そうな絽《ろ》の黒羽織を着た男だった。白髪交じりで品のある顔立ちだったが、その目には異様な光がこもっていた。

宗助と目が合うと、慌てて舟を出し、隅田川を下っていったのが、印象に強く残っている。

「どこの誰だか分かりませんが、あの異様な目の光は……私はあの人が盗んだのではないかと考えております」

と宗助は言った。

「しかし、そんな良家のご隠居のような人間が、盗みをするとも思えぬが」

十四郎は小首を傾げた。

すると、すかさず、

「塙様、そういう人だからこそ怪しいのでございますよ。数奇者の世界とはそういうものです。旦那様を見ていてもそう思います。人の物だと分かっていても、いえ、人の物だからこそ、どんな手段を使っても欲しいと思うものらしいです」

宗助は言い、苦笑した。

「そういうものかな」

「そういうものです。これもつい最近の話ですが、旦那様の同好のお仲間の家に押し込みが入りまして、確かにお店の帳場の金箱から十何両かのお金を盗っていったそうですが、後で分かったことは、主しか知らない場所に保管していた尾形《おがた》光琳《こうりん》作の『布袋図《ほてい》』のひとつといわれる墨絵の掛け軸を持っていかれたようでして、本命はそちらじゃないかといわれているそうです」

「帳場の金は偽装だったということか」

「さようでございます。そういうことから考えますと、辰造さんの龍も、数奇者の仕業《しわざ》じゃないかと……」

「うむ。お前は、この小屋を覗いていた男の顔は、今でも覚えているのだな」

「もちろんです。ただ、旦那様に男の特徴をお話ししたのですが、心当たりはないと申しますし、そうしますと、所蔵の逸品《いっぴん》を披露し合う同好の会には入っていない人物かと思われます。私は外出するたびに、周りに注意を払っているのですが、いまだにあの人物に出くわしたことはございません」

「数奇者のご隠居か……」

十四郎は呟《つぶや》きながら見渡した。

俄かに忍び込んできた陽の陰りが、小屋の跡地に薄い影を落としていた。

三

藤七は、今戸橋を渡って右に折れると、『如月』の軒行灯のかかっている船宿を指した。

「十四郎様……」

両隣の料理屋が綺麗に店の前を掃き、水も打って、客を迎え入れているのに比べると、如月の店先はどことなく活気がなかった。

だらりと着流した目付きのよくない男が一人、ふらりと外に出てくると、両腕を抜いた袖をぶらぶらさせながら、十四郎たちの前を水溜まりを飛ぶようにして今戸橋へ歩いていったが、お客らしい人が暖簾《のれん》をくぐることはなかった。

「私が渡りをつけている女中はお朝《あさ》というのですが……」

藤七は暖簾の奥を覗くようにして言った。

藤七の話によれば、如月にはほとんど客という客はないのに、得体の知れない男たちが出入りするのが、やけに目につくのだという。

辺りが闇に包まれる頃になると、今戸橋を渡って商人風の男や職人たちがやってくるのだが、船宿の客ではないことは明らかである。

皆、人の目を避けて吸い込まれるように宿に入ると、深夜遅くに用心しながら表に出てきて、背を丸めて足早に帰っていった。

藤七には、中で何が行われているのか、想像がついた。

察するところ如月は、船宿の暖簾をかけてはいるが、それは表向きで裏では賭場になっているらしく、しかも女将のお稲には強力な後見人がいるようだった。

女中のお朝は、近くの瓦焼き場で働いている者の娘で、通いで店に勤めていて、夕刻七ツ半（午後五時）には長屋に帰るから、夜になって宿で何が繰り広げられているのか、よくは知らなかった。

しかし、藤七が何度かお朝に小粒を握らせて聞いた話によれば、辰造が店に居着いているのは確かで、しかも女将とは特別な関係のようだというのも間違いなかった。

ただ近頃では、辰造は女将のお稲に使いっ走りに使われているようだと、お朝は言ったのである。

「ああ、あの娘です」

藤七は、箒《ほうき》を持って外に出てきた、まだ十六か七の娘を指した。

「うむ……」

十四郎は藤七と、その娘に歩み寄った。

「あっ」

顔を上げたお朝は、困ったような顔をして、箒を胸に引き寄せたまま、ぺこりと頭を下げた。

「すまないが、辰造さんをちょっと呼んでもらえないかね」

藤七が、お朝の耳元に小さな声で囁くと、

「辰造さんは出かけています。女将さんのお使いです」

「いつ帰ってくるんだね」

「さあ、女将さんの湯文字《ゆもじ》にする布を買いに神田まで参りましたから……」

「何、辰造は、そんな使いまでしているのか」

十四郎が目を剝いて聞く。

「ええ……」

「しょうがない奴だな。しかし、使いに出すほうも出すほうだ。女将はいるか」

十四郎の物言いに、お朝は面食らって見上げている。

「お朝さん、このお方は、お寺のお仕事をしていただいている方です。心配はいりません」

藤七が説明すると、

「女将さんは、まだお休みですから」

「起こしてきてくれぬか」

「叱られます。あたし、ここの仕事がなくなったら困りますから」

お朝がそう言った時、暖簾を割って中からひょいと覗いた女がいた。

疲れた肌、分厚い唇、着物もしどけなく着付けていて、崩れた感じのする女だった。

「お朝、油を売ってんじゃないよ」

女は厳しく叱った。

「女将さん……」

お朝はびっくりして、十四郎たちの傍を離れていった。

その女が女将のお稲だった。

お稲は、十四郎を見るや、

「なんの御用ですか。あんな年端《としは》のいかない子をからかわないで下さいな」

後れ毛を掻き上げながら、妖艶な笑みをつくった。

「辰造に用事があってやってきた橘屋の者だ」

「ああ、縁切り寺の……聞いてますよ。で、決着ついたんですか」

「いや、まだだ。それでやってきた」

「まだ去り状書いてないんですか。しょうがない人だこと、あれほどあんなばばあにはうんざりだと言っていたのにさ、まだ未練があるのかしらね」

お稲は鼻で笑ってみせた。

「女将さん、あんたのせいですよ、夫婦がこんなことになったのは。そういう言い方はないでしょう」

藤七がむっとして、前に出た。その時だった。

お稲が、十四郎たちの背後に目を遣ると、

「さっさと片づけるものは片づけておくれ」

地を蹴るようにして、奥へ消えた。

十四郎と藤七が振り返ると、そこには、風呂敷包みを抱えて母に叱られた子供のように立ち尽くしている辰造の姿があった。

「何をやってるんだ、お前は……お稲の湯文字を買いに行っていたらしいが、情けないとは思わぬのか」

十四郎は、痩せた頰を引き攣らせて、口をへの字に曲げて俯いて座っている辰造を睨んで言った。

生気のない表情をしているが、その体は、痩身とはいえ石工で鍛えた逞《たくま》しい筋肉が、薄物の着物を通して窺える。

しかしその辰造が、お稲の情夫《いろ》として気楽な暮らしをしているのならまだしも、走り使いとして下男のように扱われている。

自分の惨めな姿も見えなくなるほど、あの女にからめとられてしまったということか――。

十四郎は、目を逸《そ》らしたい気分だった。

自分の女房となり、興味も失せてしまったお楽に比べ、奔放そうなお稲に辰造が惑うのも分からぬではないが、化粧を落としたお稲の正体に気づき、夢から覚めてもおかしくはない。

――それを……。

どう考えても、お楽に勝るとも思えないお稲という女に、がんじがらめにされている辰造の姿は、同じ男としても納得できかねた。

あの退廃の匂いの漂う女の体臭が、目の前にいる辰造のここかしこにまつわりついて、悪臭を放っているようにさえ思えた。

これが、山城屋の泉水の傍らにあった美しく気高い鶴を彫った男とは到底考えられる筈もなく、目の前のやつれた男を見ていると情けなくて舌打ちしたい気分である。

十四郎の語気も、その分強くなる。

「お楽の気持ちも考えてみろ。お前があの女にうつつを抜かしているにもかかわらず、お前の、死んだ女房と娘の位牌を守っているのは、お楽だぞ」

「………」

「お前には石工として立ち直ってほしい……そんな殊勝な思いでお前と所帯を持ったお楽の立場は、どうなるのだ」

「………」

「しかも、あのお稲の態度は何だ。お前がぞっこんなのをいいことに、使い走り扱いではないか。見たところ、得体の知れないような女だ。まともじゃないことぐらい、お前には分からんのか」

言うほどに厳しい口調になった十四郎に、突然辰造が反駁《はんばく》する目を上げた。

「あの女は、俺の恩人だ」

「何、恩人だと……どんな恩を受けたというのだ」

「賭場の金が払えねえで袋叩きにあっていたのを助けてくれたんだ。そればかりじゃねえ。その金を全部払ってくれたのもお稲だ。お稲はああ見えても、情の厚い女なんだ」

「本気でそう思っているのか。必ず裏があるに違いない」

「………」

「旦那と別れて自由の身になるためにあんたが必要だ、そんな言葉に踊らされて。いい加減に目を覚ませ。お前はいいように利用されているんじゃないのか」

「いいんだ、利用されていたって……俺がいいと思ってるんだから、いいじゃねえか」

「いいことはない」

「旦那……あっしのどこが利用できるとおっしゃるんで……利用する価値なんぞこの俺にあるわけがねえ。まったく、何のための利用だというんです」

「分からんが、その時が来てからでは遅いぞ」

辰造は黙った。

「いいか辰造。少なくともお前は、お楽の人生をふいにしたのだ。別れたってその罪から逃れることはできぬぞ」

十四郎は突き放した言い方をした。そう言いながら一方では、出がけにお登勢が言った言葉が蘇る。

――私どもの仕事は、確かに離縁の仲介にあるのですが、でもそれは最後の手段です。この人と思って一緒になった夫婦が、そう簡単に別れていい筈がありません。

お登勢はそう言ったのである。

長い年月、縁切りの仕事に携わってきたお登勢ならではの言葉だった。

「辰造。どうだ、お楽のために、もう一度やり直す気はないのか。俺の見たところ、お楽にしたって、お前が帰ってきてくれるならという気持ちがまだある」

「旦那……」

だが辰造の表情には、決心したものがあった。

「あっしにはもう無理だ。後には戻れねえ……ようやく分かりやした。あっしはお楽を幸せにはしてやれねえ」

「辰造」

「去り状を書きやす、お楽にそう伝えて下さい。これ以上、お楽を苦しめるわけにはいかねえ」

「辰造さん、本当にそれでいいのですか。よく考えて下さいよ。あの女将にどれほどの借金があるのか知りませんが、それは辰造さんが石工の仕事にもどって、きちんきちんと仕事をすれば、なんとかなる話ではありませんか。仲介の労は橋屋がとってもいいのです」

藤七も口を添える。だが、

「いや、あっしはもう駄目だ」

「そうか、これで先々名人と呼ばれるかもしれない石工が一人、この世から消えるわけだ」

十四郎は冷たく言った。

「……」

「お楽だけではない。山城屋の宗兵衛もさぞ、がっかりするに違いない。山城屋の宗兵衛は、あの消えた龍が見つかれば、お前が再起できるかもしれないと、いまだに行方を探しているのだ」

「山城屋さんが……」

辰造の目に一瞬、光が戻ったように見えた。

だがその光も瞬く間に消え、辰造の目は虚《うつ》ろな色に覆われていった。

四

「辰造さんが去り状を……そうですか、書いてくれるんですね」

お楽は、十四郎とお登勢の前で、鳩が豆鉄砲をくらったような顔をして尋ね直し、

「これでさっぱり致しました。やれやれです」

溜め息を吐くと苦笑した。

しかし、さっぱりしたと言うわりには、お楽の顔には隠しようもない落胆が垣間見える。

人の心は微妙なものだ。誰も最初から別れを前提に夫婦になる筈がない。

「これでよろしいのですね、お楽さん」

お登勢は、お楽の心の動揺を見てそう尋ねた。

「はい。思ってたよりあっさり承知してくれて拍子抜けしましたが、ほっとして

います。今更ですが、あの人と一緒になるなんてこと考えなきゃ良かったと思ってますよ」

「辰造はな、もう自分を御《ぎょ》することができないようだ。それでせめて、お前を楽にしてやりたいと思ったようだ」

「口先ではそんなかっこいいこと言ってますが、もう信じませんね。これであたしは、二度、嘘をつかれたことになるんですから」

「二度……お楽さん、それどういうことですか」

「ええ、一度は浅草寺の中のお宮《みや》さんで、あたしが十五で、辰造さんが十二の時に誓いあっていたんですよ。絵馬一枚に二人の名前を書いてね。きっと夫婦になろうって……浅草寺はあたしたち長屋の子供たちには庭のようなところでした。長屋の路地で遊んでいるより、浅草寺に行けば、見せ物やらなんやらたくさん出ていて退屈しないものね。辰造さんが石工の親方の所に弟子入りする前日でした。でも、そういう場所だったから、辰造さんにとっては軽い遊び心だったのかもしれない。でもあたしは十五歳だもの、お登勢様だって覚えがあると存じますが、十五といったら女の子は立派に大人の女心を持っているんです。結局あたしだけが本気だったわけですよ。だって辰造さんは、さっさと親方の娘さんと一緒になってしまいましたからね。あっ、そんなこともあったかなという程度のものだったんです、あたしのことは……」

お楽は、まるで他人事のように言い、くすりと笑った。心の中に秘めていた大切なものを、一気に追い出しているようにも見える。

他人事のように話せば話すほど、聞いている方は哀しくなるのだが、お楽の口調は軽かった。

「辰造さんが先妻さんを亡くした時、あたしも母を亡くしました。どうして二人はこんなに哀しい目に遭うのかと、ふと、昔絵馬をかけたお宮の前に行ったんです。なぜ行ったか分かりませんが、心のどこかに、慰め合いたい気持ちがあったのかもしれません。そうして、お参りして、そうそうここに絵馬をかけたなと、探すでもなしに探していると、あったんですよ、昔かけた絵馬が……名前を並べてぶらさがっていたんですよ」

「お楽さん……」

「それを見た時に、何か運命のようなものを感じたんでしょうね。やっぱり、最後は二人は一緒になる運命だったんだって……ところがこれでございましょ。考えてみればあの絵馬を書いた以前から、ずっと辰造さんは辰造さんで、他の人を見ようとしなかったんですから、笑っちゃいますよね。ほんと、馬鹿みたい。辰造さんは、別に顔のつくりがいいわけじゃない。お金もない。しかも先妻を亡くして自棄《やけ》っぱちになっていた男です。どこが良かったのかと思ってね」

お登勢は、哀しげな目でお楽を見ていたが、

「お楽さん、まだ離縁状を貰ったわけではありませんから、もしも、お楽さんの心の中に、引き返そうという気持ちがあるのなら、そうすれば良いのですよ」

「お登勢様、あたしはあの縁切り榎の皮の煎じ薬を飲んだ時から、決心は固いんです。あの時、気づいたんです。これまで我慢をしてきたのは意地だったんだと……女の意地です。そんな哀しいつっかい棒を頼りにしている自分が情けなくなったんです。ですから、これでいいんです。縁切り榎さまさまです」

お楽は、ほほほと笑ってみせた。

「わたし、あのお店を辞めます。勤めるのが怖くなりました」

船宿如月の女中お朝は、藤七が待っていたしるこ屋に入ってくるなり、恐ろしげな顔を作ってそう言った。

辰造が離縁状を書くと約束して数日が経っていた。

だが辰造は、女房のところへ戻る暇もないほどこき使われているようで、藤七はあれからもずっと張り込んでいた。

如月に居着いている男たちは辰造を除いても四、五人はいる。その男たちの動静を確かめたかったのである。

男たちはいずれも背中に暗い影を背負っているのは明白で、長年人の素行を調べてきた藤七には、辰造がどんな危険な場所に踏み込んでいるのか初手から見当がついていた。

乗りかかった船、お楽への離縁状だけ貰えればそれで落着というものではない。辰造にも立ち直ってもらいたい、そんな思いが橘屋にはあったからだ。

それに、十四郎が山城屋と交わした、消えた龍の行方を探すという約束も残っていた。

「何か、恐ろしいことがあったようだね」

藤七は、お朝のまんまるい顔を見た。

お朝の顔は、お月さんのようにまんまるくて、細い目と小さな口がついている。くるくるとよく働く娘だった。

歳は十七歳というから、自分も若い頃に妻帯していれば、この娘くらいの年頃の子供がいたなと思うと、藤七はお朝が如月のようなところで働くのを心配していたのだった。

「藤七さん、わたし、辰造さんには、あんな宿の皆とは縁を切ってほしいんです、だから……」

お朝はそう言うと、辰造は常々、お稲に分からないように、お朝を助けて、井戸水をくみ上げたり、溝《どぶ》の掃除をしたり、重たい物を運んだりしてくれたのだと言った。

「あの辰造さんは、根っからの悪い人じゃないんだもの……」

その辰造が、何か恐ろしい仕事を手伝わされるようだと、お朝は言った。

「誰にもしゃべりはしないからね。その怖いことというのを教えてくれないか」

「ええ……昨日のことですが、旦那様が帰ってまいりまして」

「やはり、お稲さんには旦那がいたんだね」

「何をしているのかは知りませんが、三月に一度くらいは帰ってきます。弥兵衛《やへえ》さんというのですが」

「弥兵衛……」

「はい。帰ってきたら、半月ほど滞在します。その間は、いつも私にいばっている男の人たちも、ちっちゃくなるんですよ」

お朝は苦笑した。

「ほう……」

「今日のお昼すぎでした。旦那様は辰造さんをお使いに出して、他の人にはお金をあげて、存分に遊んでくるように言ったんです。私にも今日はこれで帰っていいからと……それでいったんお店を出たんですが、忘れ物をしたことを思い出して、お店に戻ったんです。そしたら、女将さんと旦那様の声が聞こえて……」

お朝は、ぞっとした顔で藤七を見た。

お店に戻ったお朝は、台所口から入ろうとして、はっとして足を止めた。中から、尋常ではない気配が流れてくるのを察したのである。

硬直したように立ち尽くしたのも、

「あの男、辰造も、お前の色香にはひとたまりもなかったようだな」

弥兵衛の声が聞こえてきたからだった。

すると、お稲の含み笑いが聞こえ、また弥兵衛の声が聞こえた。

「御前《ごぜん》に鍛えられ、そして拝領したこの俺に鍛えられ、脂《あぶら》ののったその体で、辰造のような男を操るのは朝飯前だってことだ」

「いやな人ね、あたしの体は旦那じゃなきゃ駄目だって知ってるくせに……」

お稲の鼻にかかった声がした。

「ほんとかね、辰造の様子を見てたら、ありゃあ蜘蛛《くも》の巣にかかった虫だ」

「旦那が、そうしろって言ったんでしょ。目をつぶってその気になった私の身にもなって下さいな」

お稲は拗《す》ねてみせている。

聞いているお朝の目には、おぞましい二人の馴れ合いの光景が浮かんでいた。なにしろお朝は、いつも神経を尖らせて、きんきん叱るお稲の姿しか見ていないのである。

「馬鹿、拗《す》ねるな」

弥兵衛の声は笑っていたが、すぐにその声音《こわね》は変わった。

「これでやっと、辰造に無駄飯食わした元がとれるというものだ。お稲、三日後には御前に会うことになっている。舟を頼むぞ」

最後の弥兵衛の声は、恐ろしく気味の悪い声だったと、お朝は藤七に言ったのである。

「御前……そう言っていたんだね」

「はい」

お朝は、しっかりと頷いた。

五

「お待たせした」

与力の松波孫一郎が茶屋『三ツ屋』に現れたのは、たそがれが迫る頃だった。

如月の女中お朝の話を聞いた藤七から報告を受けた十四郎は、お稲の旦那弥兵衛の正体を摑むために、さらにお朝から詳しくその人相風体を聞き出して、松波孫一郎に問い合わせていた。

その返事を松波は持ってきたらしい。

三ツ屋は近頃はたいへんな賑わいで、この日は橋屋の泊まり客の団体が隅田川の夕涼みを舟で楽しむとかで、料理の差配から芸者の手配と、お登勢は帳場を預けているお松《まつ》と一緒に、さきほどまで立ち働いていた。

それがようやく一段落して、十四郎たちがいる二階の小座敷にお登勢も顔を出したところだった。

藤七は、あの後も変わらず如月を張り続けていた。

「いや、たいへんなことが分かりましたぞ」

松波は座るなり、懐から人相書きを出して置いた。

紙には男の人相が書かれていた。

「眉薄く、眼光鋭く、首筋と右手の甲に古い火傷の痕がある。これは、盗賊鬼火《おにび》小僧《こぞう》といいまして、東海道《とうかいどう》筋の宿場を荒らし回っている男です。富裕な家の蔵ばかり荒らしています。一、二年前までは盗むのは金だけでしたが、近頃ではお宝の逸品だけを盗むという知恵者です。この男と藤七の話がよく似ている。いや、そっくりなのです」

「鬼火小僧の逸品盗みか……」

十四郎は反芻《はんすう》しながら、山城屋の宗兵衛が言っていた押し込み一味のことを思い出していた。

「松波さん、逸品とは、書画骨董のことですね」

「むろんそういった物も入ります。ともかくたいへんな値打ちのある物ばかりを狙うのです。考えてみれば小判の入った金箱を狙うより、こっちの方がしかるべき人間に売りつければ額も大きい。たとえば茶器などというものは、一碗で五百両や千両の値のつく物もあるわけですから、重たい金箱を狙うより効率がいい」

「いや、実は松波さん……」

十四郎が、宗兵衛から聞いた話をしてみせると松波は頷いて言った。

「確かにここのところ、この府内でも骨董のたぐいばかり狙って盗みに入る輩《やから》がいます。まさかとは思いますが、案外的を射ているのかもしれません」

「するとだな」

金五が、人相書きから顔を上げた。

「奴らは三日後に舟を出すと言っていたらしいから、その時に盗みに入るとすれば、明晩ということになるが……」

「そういうことです。われわれ奉行所としても、今夜から如月に張り込みをかけようかと考えています」

「しかし、そんな一味に、なぜ辰造さんが必要なのでしょうか。辰造さんは一介の石工です。盗人の一味に加えても、どう考えても役に立つとは思えませんのに……」

お登勢は、小首を傾げた。

「そこだが、辰造をつなぎ止めておくために、弥兵衛という男は自分の女まで辰造に提供しているのだ。何か得るものがなければ、そこまではやるまい」

「十四郎様、石工を利用しての盗みということでしょうか。たとえば石の細工ものの目利きとして必要だったとか」

「まさかな……辰造自身、龍の彫り物を盗まれている人間だ」

「確かにそれはそうですが、それともう一つ、もしも弥兵衛が鬼火小僧だったとしたら、御前と呼ばれる御仁《ごじん》は、どういう人物でしょうか。鬼火小僧の上に、まだ頭《かしら》格の人間がいるというのでしょうか」

お登勢は、松波に疑問を投げた。すると松波は、

「御前という者の存在を聞いたのは初めてです。鬼火一味は鬼火小僧が頭だった筈ですが……しかしその後、別に頭を頂いたのかもしれません。盗みの中身が違ってきたのも、そのせいかもしれません」

と言う。

「松波さん、先に話した消えた龍ですが、その後の手がかりはないのですな」

「ありません。数奇者《すきしゃ》の会などにも手を伸ばして、密かに調べてきましたが分かりませんでした。ただ、龍を運んだのは舟だったのではないかと考えています」

「舟か……しかし、そんな重たい物を運ぶ舟が……そうか平田船《ひらたぶね》か……」

十四郎は、はたと気づいた。

「そうです。平田船です」

松波は確信を持っているようだった。

如月のお稲の旦那弥兵衛が、宿の前から舟に乗ったのは、夕刻の七ツ頃だった。

弥兵衛に従ったのは手下が二人、舟はゆっくりと夕涼みに向かうように大川《おおかわ》を下っていった。

十四郎と藤七も、その後を猪牙舟《ちょきぶね》で追う。

十四郎たちの舟はむろん三ツ屋の舟で、船頭役は若い衆の一人である。

吾妻橋が近づくと、いっそう舟の数は多くなった。

水売り、寿司売り、瓜《うり》売りなどのうろうろ舟も、ちらっとそちらに視線を向けようものなら、すぐに近づいてくる。

やがて十四郎は、右手向こうの岸に見えてきた辰造の仕事小屋の辺りを見遣りながら、

「藤七、龍の彫り物だが、松波さんが言ったように、平田船なら容易に運べるな」

確かめるように言った。

「はい。しかも大川はこの人出です。あの岸あたりで荷物を積み込んでも、人々は気にも留めなかったのではないかと思われます」

「うむ」

「十四郎様、私は辰造のことを心配しています。もしも鬼火小僧が龍を盗んだとしたら、辰造は何も知らずに奴らの仲間になっているわけですからね」

「まったく……辰造もこけにされたものだ」

「番頭さん……」

若い衆が声を上げた。

前の舟が御厩《おんまや》河岸の渡し場近くの岸に近づいていくのが見え、その岸には、絽《ろ》の羽織をなびかせて、茶人のような風体をした隠居姿の男が下僕一人を従えて立っていた。

弥兵衛は舟を岸に着けると、自ら飛び下り、その隠居を舟へ乗せた。

「宗助……」

十四郎は、隠居たちの後ろの岩陰に、宗助が立っているのを見た。

「おい、山城屋の番頭を乗せてやってくれ」

十四郎が宗助のいる方を指した。

猪牙舟が滑るように岸に向かうと、宗助が岩のようなごろ石の中を走ってきた。

「塙様」

「話は舟で聞く。乗りなさい」

「ありがとうございます」

宗助は舟に乗り込んできた。

「急いで……先の舟を見失うな」

十四郎は船頭の若い衆に言い、

「宗助はあの者たちを尾《つ》けてきたのだな」

「はい。鳥越《とりごえ》橋で見つけたのです。塙様、あのご隠居風の男が辰造さんの小屋を覗いていた人です。見失わないように尾けてきたのですが、舟に乗られてしまってはここまでかと思っていました。助け船とはこのことです」

「宗助、ご隠居の乗った舟だが、今戸の船宿如月の舟だ」

「すると、辰造さんが居る宿ですね」

「そうだ……」

「そんな馬鹿な……」

宗助は思わず呟いた。

宗助ばかりか、十四郎と藤七も、意外な成り行きにもつれた糸をほぐすことができずにいる。

ただ、今日の船出は、この様子だと盗みに向かう舟でないことは確かだった。

目的は、いずこかの下見か、その相談ごとか、あるいは老人を屋敷に送っていくだけなのか、そのいずれとも分からなかった。

「あの老人が、御前と呼ばれている人かもしれませんね」

藤七は言い、じっと前の舟を見据えている。

「うむ……」

十四郎たちの乗った舟は、弥兵衛たちの乗った舟の後を、餌を見つけた海蛇のように、他の舟の間をするりするりと抜けながら追った。

二艘の舟が、両国橋をくぐり、永代《えいたい》橋を過ぎ、日本橋《にほんばし》川を上り始める頃には陽は西に傾いて、川面は薄墨色に染まり始めていた。

「あれ……西堀留《にしほりどめ》川に入りますね」

藤七が言う。

弥兵衛の舟は、江戸橋をくぐるのかと思ったが、手前で右に折れて西堀留川に入ったのである。

そうして舟は、道浄橋《どうじょう》の南袂に着けた。

弥兵衛たちはそこで下りるのかと思ったら、舟の中から対岸を眺めている。

「宗助」

十四郎が傍にいる宗助に、頷いた。

宗助も十四郎に顔を向けると、生唾を呑み込んで頷いてきた。

道浄橋のむこう岸に見えるのは、山城屋の軒先だった。

弥兵衛たちが、睨むようにして眺めていたのは、山城屋宗兵衛の店だったのである。

十四郎は、弥兵衛の舟がしばらくそこに停泊した後、引き返すのを待って岸に上がった。

藤七には、引き続き弥兵衛の舟を追わせている。

十四郎は、宗助と山城屋に入っていった。

「私の店が狙われている。そういうことですか」

山城屋宗兵衛は、目を丸くして言った。

「旦那様、道浄橋の河岸からこのお店を睨んでいたのは、紛《まぎ》れもなく、辰造さんの仕事小屋を窺っていたあの折の老人でした」

宗助が言った。

「すると何かな。お前はその御前とかいう御仁に、鳥越橋で会ったんだね」

「そうです」

「ひょっとして……」

宗兵衛は言葉を切ったが、きらりと十四郎に視線を送ると、

「その御仁は、松島大膳《まつしまだいぜん》様のご隠居櫻痴《おうち》様……」

「櫻痴様……」

十四郎が聞き返すと、

「鳥越橋から三味線《しゃみせん》堀に抜ける川があります。鳥越川と呼んでいますが、そこに架かる、鳥越明神前から猿屋町《さるやちょう》に渡る長さが四間ほどの板の橋があります。甚《じん》内《ない》橋といいますが、その西方北側に御旗本松島様のお屋敷がございます。二千石余のご大身《たいしん》でございますが、同じ敷地内に隠居所がございまして、隠居所と申しましても、二千坪もの敷地のうちにある邸宅です。そのご隠居がたいへんな数奇者だと聞いておりますす。私は会ったことはございませんが、唐物骨董物を扱う大《だい》

黒屋《こく》さんが、もはやあのお方は病《やまい》といっていいのかもしれないと申しておりました」

「病とな……」

「はい。この手の病の厄介なところは、本人に罪の自覚が薄いことにあります。たとえば花盗人のような、ちょっとした出来心で、そこにあったから拝借するという感覚です。いやはや、私の店が狙われているのだとしたら、おそらく奴らの狙いは茶入れ『雲井《くもい》の雁《かり》』……尾形光琳が絵付けをしたといわれている品です」

「旦那様、いつそのようなお品をもとめられましたか」

宗助が、びっくり眼《まなこ》で聞いた。

「もう随分になる。三年、いや、四年にはなるな。光琳の布袋の絵が狙われたと聞いた時から、もしやという不安があったのだが……布袋の絵を好事家《こうずか》から大黒屋が競《せ》り落とした同じ頃に、茶入れの方だけは私が頂いた……そういうことです」

宗兵衛は苦笑した。

「旦那様。しかしこの宗助すら知らない物を、かの御仁が知っているのでしょうか」

「知っている筈です。競《せ》りに出された品ですからね。誰の手に渡ったのか調べれば分かる。まあここまで分かれば、私の方は茶入れを避難させることはできますから、それはそれでよろしいのですが……」

宗兵衛はそこで十四郎に顔を向けると、

「塙様、奴らが押し込みを働く前に、辰造さんを奴らのもとから引き離す手立てはありませんか。ここで奴らに手を貸せば、辰造さんはこれで本当にお終《しま》いです。私はそうはなってほしくはありません」

「なんとか手を打ってみます」

十四郎は言った。

六

お楽はもう、一刻《いっとき》（二時間）以上も小さな仏壇の前に座り続けていた。

お楽が座っているのは、花川戸の裏店の、辰造と暮らした家の中である。

お楽は、辰造が離縁状を書くと約束した時から、荷物をまとめていつでも家を出られるようにして、辰造を待っていた。

もうとっくに、新しい裏店も見つけてあるし、勤める店はそのままだが、人生やり直しだと決心に決心を重ねる日々を送っている。

そういう心で、思い出のあるこの家で暮らすのは辛かった。

いっそ、さっさとこの家を出ていけたら、そう思うものの、この家をほうり出していくことができないのは、この家に二つの位牌がまだあるからだった。

お楽の両親の位牌は別として、この家の仏壇には、辰造の先妻とその娘の位牌があった。

今日ここにじっとして待っているのは、辰造を悪の仲間入りさせないために、十四郎がお登勢と相談して一計をめぐらせたからだった。

——お楽が病に倒れて動けなくなった。

そういう一報を、如月の女中お朝を通じて、藤七が知らせたのであった。

むろん、お楽はぴんぴんしているのだが、どうでも如月を離れられないと頑固に言っていた辰造も、お楽が病だと聞けば帰ってくるのではないかという、一縷《いちる》の望みを託してのことだった。

お楽は、この計画を十四郎とお登勢が立てた折に、辰造を押し込みに荷担させないという思惑の他に、夫婦の絆がまだ辰造にあるのかないのか、それもお登勢たちが確かめようとしていることも知っていた。

いずれにしても、辰造が帰ってこなければ、そこでこの計画は終わりである。十四郎もお登勢も、きっと辰造は帰ってくるとお楽に言ったが、しかしそれにしても、時刻はもう八ツ（午後二時）を過ぎ、あと半刻もすれば七ツ（午後四時）の鐘が鳴る。

如月のお朝に知らせたのは昼前だと聞いているから、もう随分と時間が過ぎている。

――やっぱり、辰造さんには、私への愛情も未練も、労《いたわ》りも、何もない。

お楽は、改めて二人の間がどのようなものであったのかを知らされて、がっかりしていた。

こんなことなら、夫婦になどならなければ良かった。絵馬の中だけの夫婦だったら、その思い出はずっと心の中にあって、自分の支えになってくれた筈である。

それを……現実に夫婦になったばっかりに、結果的にはなにもかも失うことになったのである。

――仕方がないわ。ここまでこないと分からないんだもの……。

それに、こんなことでへこたれてたまるものか。辰造さんが帰ってきたら笑って別れてやる。せいせいしたって言ってやるんだ。

そこまで考えた時、お楽の耳に、七ツの鐘が聞こえてきた。

——ふん、あたしをこけにして……あの気弱な男にしちゃあ上等じゃないか。

お楽は心の中で口汚く罵《ののし》って、立ち上がった。

その時である。

小走りしてくる足音が聞こえてきたと思ったら、

「お楽……」

乱暴に戸が開いて、辰造が飛び込んできた。

あっと、お楽が声を上げるまもなく、

「何だお楽、病じゃなかったのか」

辰造の顔色がみるみる変わった。

駆け急いで汗まみれになった顔に、怒りが見える。

「なぜ、嘘をついたんだ。こんな小細工をしなくっても、離縁状は書くと言ったら書く。それほど俺が信用できねえってのか、この女は」

怒りに任せて、上がり框《かまち》に上がってきた。

「俺がどんな思いでここに走ってきたのか分かっているのか。皆の目を盗んで、やっとの思いで走ってきたのに、病は嘘だと……」

「ごめんなさい。騙すつもりなんかなかったのよ。皆あんたの身を案じてのことなのよ」

「何を……訳の分からねえごたくを並べてるんだ」

「訳が分かってないのは辰造さん、あんただけなのよ。ここに帰ってこられるように皆が知恵を出してくれて……どうしてそれが分からないの。ここに帰れたのはもっけの幸い、もうあんな所には戻らないで、まともな暮らしをして頂戴」

「いいからほっといてくれねえか。別れたいんだろ。俺の女房が嫌になって逃げた女の話なんぞ聞きたかあねえやな」

辰造は突っ立ったまま、怒りに任せてぶちまけた。

お楽は苦笑した。捩《ね》じれに捩じれた二人の気持ちを笑うしかなかった。だがその笑いは、歪んだ笑いになった。

「ほら笑った。俺を馬鹿にして笑ってやがる。お前は昔からそうだったもんな。女らしく涙の一つも見せりゃあ可愛らしいのによ。たいしたタマだぜ」

「女らしくなくて悪うございましたね。まっ、これでお互いおさらばなんだから……せいせいしたわ」

お楽は、辰造の傍を横を向いて通り過ぎようとした。

「待ちな」

辰造は、お楽の腕をむんずと摑んだ。

「何すんのよ、お放しよ。汚らわしいわよ」

お楽が毒づいたのと、辰造がお楽の頰を叩いたのは同時だった。

お楽は土間にふっ飛んだが、声一つも出さなかった。

きっと見上げた目が哀しい。

だが辰造は、さらにお楽の胸倉を摑んで引きずり上げた。

その時である。

「止めろ！」

十四郎とお登勢が入ってきた。

「辰造、お前は、このお楽の気持ちが分からないのか」

十四郎は、懐から古い絵馬を出した。

お楽と辰造が誓い合ったあの絵馬だった。

「塙様……」

お楽が驚いて、十四郎の手元を見た。

「お楽さん、わたくしも十四郎様も、あなたたち二人の本当の気持ちは、この絵馬を納めた時とおんなじだって思っていたんですよ。今日を機会になんとかよりが戻ればと思いましてね、それで十四郎様は、あなたが話して下さったお宮まで出かけて、これを拝借してきたのです」

「お登勢様……もういいのです。なにもかも終わったんです」

「よくないな」

十四郎は畳みかけるように言った。そして、辰造の目を捉えると、

「辰造、これが最後の機会だ。お前が盗賊の一味として永久にお天道《てんと》様を拝めない盗人になるか、それとも、この絵馬を書いた時のような二人に戻れるか、今が正念場だ」

「旦那、盗人とは、何のことです」

辰造の顔に動揺の色が走った。

何かを感じ取っている顔だった。だがそれが何なのか、まだしっかりと知らされていないようだった。

「そこへ座れ。お前に言ってやりたいことがある」

十四郎はそう言うと、辰造を座らせて自身も座り、これまで調べ上げたことを、

辰造に話してやった。

「まさか……」

お稲が自分の龍を盗んだ一味の頭格の女であり、それをひた隠しにして、自分を手玉にとったことを知らされた辰造は、さすがに怒りを露《あらわ》にした。膝に置いた手が、ぶるぶると震えていた。

「辰造、そういうことだ。だから嘘をついてまで、お前をここに呼び戻したのだ」

「……」

「よく目を開けてこの部屋を見てみろ。お前がいつ帰ってきてもいいようにきれいに掃除をしてくれていたのはお楽だ。仏壇に線香を絶やさずあげてくれたのはお楽だ。そして、ほうり出していた石工の道具を拾い集めて、そこの土間の箱におさめてくれたのもお楽だ。いや、お楽だけではないぞ。山城屋の篤《あつ》い厚意を、お前はなんと心得ているのだ」

「……」

「それが分かったら、辰造、奴らが狙っているのはどこか、知っていたら教えてくれ。奴らを捕まえれば、お前の龍だって返ってくるのだ」

「旦那……まさかとは思いますが」

辰造は、お稲から寝物語に、山城屋のことを根掘り葉掘り聞かれたことを思い出した。

辰造は山城屋の庭の鶴を彫るために、三か月も山城屋に泊まり込んで仕事をしたことがあった。

山城屋の邸内のことなら、手に取るように覚えている。

主の宗兵衛しか知らぬ秘密の収納庫の存在も、山城屋は辰造に見せてくれていた。

それほど信頼を得ていた石工だということを、辰造はお稲に話していたのである。

辰造はそこまで話すと、

「そういえば、弥兵衛の旦那に、近々やってもらいたいことがある。外出は控えてくれ……そんなことを言われていやした」

「それだ。お前は最初から、山城屋押し込みのために飼われていたのだ。お前の値打ちはそこにあったのだ」

「旦那……よく分かりやした。あっしが馬鹿でございやした」

辰造は頭を下げた。

顔を上げた時、辰造は腰を浮かせて、

「お楽、どこに行くんだ」

戸を開けて、外に出ようとしているお楽の背を呼んだ。

お楽は、くるりと体を向けると、

「決まってるじゃないの、あたしの家に帰るんですよ」

「待ってくれねえか。ここにいてくれ」

「もう大丈夫よ、あんたは……口うるさいあたしがいなくったって、ちゃんとやっていけるわ……いいもの彫って、仏さんを安心させてやりなさいな。それがなによりの供養だってこと、忘れないで」

「お楽……」

「じゃ」

お楽は、くるりと背を向けると、下駄の音を鳴らして足早に去っていった。

お登勢は溜め息を吐くと、十四郎を見た。

闇を青白く弱々しい光が照らしている。

昼間の熱射が嘘のように去り、人々が深い眠りについた深夜の道浄橋に、一艘の舟が静かに着けられた。

舟の中の黒い物は積み荷のように思われたが、花びらが開くように筵《むしろ》がめくれると、黒い装束の男たち五、六人が、音もなく舟から岸に飛び下りた。

ぴちゃ、ぴちゃっと、岸を打つ波の音が聞こえるばかり——。

男たちは頭らしき男が皆を見渡して頷いたのを合図に、いっせいに河岸を走り上がって、山城屋の塀の前に立った。

一人が背を丸めて塀の際《きわ》に土台になると、もう一人がその土台に足をかけて、塀の上に飛び上がろうとした。

だが、その時、横合いから手が伸びて、飛び上がろうとした男は均衡を崩して落ちた。

「何、しやがる」

押し殺した声が、横から手を出した男を叱った。

「恩人を裏切ることはできねえ」

叫ぶように言い、覆面を取ったのは辰造だった。

「何だと、てめえ」

仲間の一人が、匕首《あいくち》を抜いた。

辰造は怯《ひる》むことなく、さらに言う。

「中に忍び込んだところで、目的の品はもうここにはない。お奉行所の差配で、よそに運んである」

「何……親分、こいつ、頭がおかしくなっちまってますぜ」

誰かが言った。

「ちっ、殺せ」

言った途端、辰造を囲んで、殺気が走った。

その時である。

「待て、そうはさせぬぞ」

月光を浴びて、十四郎と藤七が現れた。

「鬼火小僧、もうお前たちは終わりだ」

十四郎は、ずいと出た。

「お前は誰だ」

「橘屋の用心棒だ。お前たちの悪行はなにもかも知れている。東海道筋の宿場を荒らし、御府内の好事家の持つ骨董品を盗み、ここにいる辰造が彫った龍の石の細工も盗んだ。これは平田船を使ってな。お稲に頼まれて船を貸したという石屋の証言もとってある。そして今夜は、山城屋が所持している品を盗もうとした。それらの逸品は、かの老人、松島家の隠居櫻痴に多額の金品と引き換えに渡す所存、そうであろう。船宿如月は仕事を成し遂げるための根城だったのだ。弥兵衛……いや、鬼火小僧、つまらぬ抵抗はやめて、自身から奉行所に出向くがいいぞ」

「うるせえ、やれ……」

弥兵衛が顎をしゃくると、盗賊たちは一斉に匕首を抜き放った。

「馬鹿な奴……藤七、辰造を頼むぞ」

十四郎は、二人を庇《かば》うようにして立った。

いきなり、前から、鉄砲玉のように黒い物が飛んできた。

十四郎は、後ろの二人を庇《かば》いながらこれを躱し、静かに刀を抜き放った。

「容赦はせぬ」

峰を返した時、右側から斬りつけてきた匕首を叩き落として、その者の肩をしたたかに打った。

声を出す暇もなく、路上に落ちる。

「気の毒だが、お前たちの相手ではないぞ」

すたすたと頭目の弥兵衛に歩み寄る。

「引け、引くんだ」

弥兵衛が叫んだ。

賊は四人、一斉に河岸に向かって走っていく。

だが賊たちは、河岸に下りたところで立ちすくんだ。

「御用」の提灯《ちょうちん》が幾つも上がったのである。

同心が捕り方の小者を引き連れて待っていた。

「北町奉行所の者だ、神妙に縛《ばく》につけ。松島大膳様のお屋敷にも、与力松波様が参られた。今頃はすべてを明らかにして談判なさっておられる筈だ」

しまった……と弥兵衛たちが振り返った時には、後ろも別の同心捕り方に塞がれていた。

「塙様、ありがとうございました」

番頭の宗助に提灯を持たせて山城屋宗兵衛が、ゆっくりと歩みよってきた。

「お登勢、お登勢はいるか」

金五が一枚の紙切れを持って橋屋の庭に現れたのは、一味が捕縛されてから十日ほど経った頃だった。

鬼火小僧の弥兵衛一味は、お稲ともども捕まって、今は小伝馬町の牢屋で沙汰待ちである。

松島大膳は父の所業については何も知らなかったとはいえ、御家不始末《おいえふしまつ》の科《とが》で二千石の家は改易《かいえき》になった。隠居の櫻痴は遠島と決まったが、まもなく病死と届けられたらしい。

どうやら病死というのは表向きで、実際は評定所に呼び出されたその日に、自害して果てたということである。

「昇天した龍、舞い戻る。この読売を読んだか」

金五は、再び読売を賑わしている辰造が彫った龍の話のことを言っているのだ。

十四郎は、尻はしょりして庭に穴を掘っていた。

傍で手ぬぐいを被ったお登勢が、朱の襷をかけて、穴掘りを手伝っていた。

「ちっ、何をしているのだ。お登勢、十四郎」

「あら、近藤様。その話ね、とっくに知っていますよ、ほら」

お登勢は胸元から、畳んだ読売を出してみせた。

「なんだ、知っていたのか。昇天した龍が辰造のところに返ってきたと思ったら、頼み主の宗兵衛は、町内の空き地に龍頭《りゅうとう》神社を建てたらしいな。宗兵衛曰く、このような見事な龍を独り占めにしていては罰《ばち》が当たる。御府内の皆さんに、あまねく、この龍の御利益を受けて欲しいと……お陰で押すな押すなの参拝客で、たいへんな賑わいだと書いてあるぞ。一度見に行くか」

「もう行って参りました」

「何、俺に黙って二人で行ったのか」

「申し訳ありません。辰造さんとお楽さんが、龍の前でもう一度誓いをたててやり直すって言うものですから」

「許せぬ。大いに許せぬ」

「何を言うか、おぬしは千草殿のところに帰っていたではないか。近頃は、ひょいひょい、俺たちに何も言わずに帰っているようだな。寺役人としてけしからんぞ」

「十四郎、まあそう言うな」

金五は照れくさそうに頭を掻いたが、ふと気づいたように、

「しかし、何だな、あの二人はよくよりが戻ったな」

十四郎が掘っている穴の際に腰を落として、ちらと穴の中を覗いて言った。

「そこが夫婦というものでございましょう、近藤様。そうそう、これは辰造さんの話ですが、龍が手元に戻った時、目の下に涙の流れた跡があったというんです。櫻痴様のお屋敷では、人目につかない暗い部屋で布を被せられていたようですから、それで、いつの間にこんな哀しい世の中になったのかって龍は泣いたんじゃないかと……」

「またまた……」

金五はくすくす笑って、

「その手の話には乗らぬぞ、大袈裟な」

「いいえ、わたくしも確かにそう見えました。龍の目の下に長く黒ずんだものがありましたもの、ねえ、十四郎様」

「うむ……」

十四郎は手を休めて腰を上げた。とんとんと腰を叩きながら、

「いいではないか。信ずるものは救われるというではないか。それとな、金五、あの龍はな、縁結びの力もある龍だということになったらしいぞ」

「何……分かったぞ、その話の元は辰造お楽だな」

「そうだ。縁切り榎に縁結びの龍……いずれも庶民のささやかな心の支えになってくれる。結構なことだ」

「まあ、それはそうだが……おぬし、この穴はなんだ」

「辰造が彫った灯籠《とうろう》を貰い受けてな、ここに置くのだ。もう、これくらいでいいかな」

「おぬし、おぬしはいい亭主になれるな。そうだ……母上が案じていたぞ、いい加減に妻帯しないと、わたくしがお世話してさしあげてもいいのだが、お登勢殿とはどのようなことになっているのですかとな」

金五は言い、二人の顔を交互に見た。

二人の顔に、戸惑いの色が走った。

やり場を失った目が宙を泳いだ。

「禁句、禁句。今のは冗談だ」

金五はことさらに笑い声を立て、そそくさと立ち去った。

第三話　紅紐

一

「塙の旦那……旦那……起きなさいって！」

「うわっ」

雷でも落ちたのかと思って飛び起きた十四郎は、声の主が鋳掛《いか》け屋の女房おとくと知って、

「なんだおとくか。朝っぱらから煩《うるさ》いぞ」

久し振りに米沢町の長屋で、朝寝を楽しもうと思っていたところを邪魔されて、膨《ふく》れっ面《つら》をしてみせた。

今朝方雨が降ったようで、裏庭に面した戸を開けてみると、風が涼しい。中途

半端で起こされるのは、ご馳走を食べ残したような未練が残る。

「何ぶつぶつ言ってんですか。留《とめ》さんがたいへんなんですから、ちょいと来て下さいよ」

「留……大工の留吉《とめきち》のことか」

「他にこの長屋に留なんて呼ぶ男はいないでしょ。大家の八兵衛《はちべえ》さんも旦那に来てもらってくれって言ってるんですから……早く」

おとくは、嚙みつきそうに言う。

「分かった、分かった……もう少し小さな声で言えぬのか」

おとくに文句を言いながら、土間に下りて、外に出た。

——おや……。

大工の留吉の家は木戸を入って二軒目だが、そこにはすでに長屋の連中が重なり合うようにして中を覗いている。

十四郎は、まだ路地に残っている水溜まりを飛ぶようにして、留吉の家に向かった。

「塙様、ちょ、ちょっと」

人垣から顔を覗かせて、大家の八兵衛が手招いた。

「どうしたのだ、この騒ぎは」

「とにかく中にお入り下さいませ」

八兵衛は、十四郎の袖を引っ張るようにして、留吉の家の中に入れた。

「だ、旦那……」

上がり框で、正座をして俯いていた留吉が、十四郎の顔を見て、泣きそうな声を出した。

留吉の前には、奉行所の同心と岡っ引がいる。

留吉は、どうやら調べられているようだった。

「お役人様、こちらは塙十四郎様とおっしゃいまして、深川《ふかがわ》の縁切り寺慶光寺の寺宿、橘屋で公事《くじ》のお仕事に携わっているお方でございます。この長屋のお目付のようなお方でございますので、大家の私と一緒にお話を聞かせていただきます」

八兵衛は、ことさらにもっともらしく十四郎のことを役人に紹介し、役人の厳しい聞き取りに対抗しようとしているらしかった。

それならこっちも、威儀を正さなければならぬ。

まだ頭の中は半分寝ぼけているが、そこはそれ、

「えへん……今、この八兵衛が言った通りだが、なにごとでござるか。この留吉

小前 亮 残業税

あなたの残業に税金かけます！「働き方改革」に大きな一石を投じる、リアルすぎるお仕事ミステリー。●720円

福田栄一 探偵の流儀

嶋岡探偵事務所存続の危機に、四人は立ち向かう！青春小説の旗手が描く若き探偵たちの物語！●700円

西村京太郎 十津川警部「荒城の月」殺人事件

【長編推理小説】滝廉太郎の幻の楽譜をめぐる連続殺人。十津川が美術界の深い闇に迫る傑作ミステリー！●580円

鳥羽 亮 幽霊舟 隠目付江戸秘帳

文庫書下ろし

【長編時代小説】人気シリーズ、新章第三弾。江戸を騒がす「幽霊」に、海野洋之介が立ち向かう。●580円

小杉健治 天《てん》保《ぼう》の亡霊 般若同心と変化小僧(十三)

文庫書下ろし

【長編時代小説】シリーズ最終章！最大の宿敵・鳥居耀蔵が、南町奉行所に仕掛けた罠で、源九郎を追い詰める！●600円

折口真喜子 踊る猫

画家で俳人の与謝蕪村が見聞きした不思議な物語。こころに響く短編集。●600円

藤原緋沙子 風蘭 隅田川御用帳(十)

驚異の16カ月連続刊行

【長編時代小説】慶光寺で修行した女が火付けの罪で捕縛された。橘屋に最大の危機が訪れる。●600円

赤川次郎 招待状 赤川次郎ショートショート王国

単行本も同時刊行！

ファンクラブ会員から募集したタイトルを元に、創作された二十七の物語。赤川ワールドの魅力が、ぎゅぎゅっと詰まった一冊。●540円

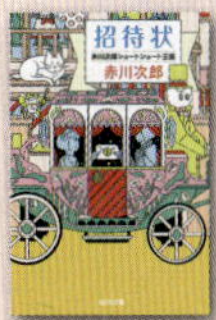

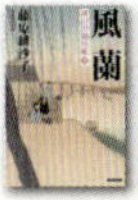

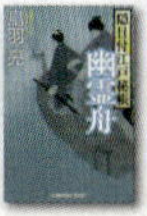

光文社 〒112-8011 東京都文京区音羽1-16-6 http://www.kobunsha.com/
電子書籍、発売中！ 光文社の名作・話題作を、電子書籍でも大好評発売中です!!
amazon、楽天Kobo、iBooks、紀伊國屋書店Kinoppy、honto、BookLive!、Reader Store™、電子文庫パブリ……ほか、主要な電子書店にてお求めください。
詳しくはコチラ!! http://www.kobunsha.com/denshishoseki/ 新刊＆注目情報は、公式Twitter＆facebookをチェック！

が何か悪いことでもしたのですかな」

ひょろひょろと顔の長い同心に聞いた。

まるで育ちの悪い瓜のような顔だと思った。

すると、その瓜が言った。

「今朝、古着屋の伊助《いすけ》という者の遺体が大川に浮かんでいたんだが、調べていくうちに、この留吉が伊助を殺した奴を見たんじゃないかと言う者がいてな。それで聞いているのだが、知らぬという」

「本当に知らないんでございますよ。確かにあっしは昨夜、平右衛門町《へええもんちょう》の飲み屋『松葉《まつば》』で仲間の庄助《しょうすけ》と飲んでおりやした。店を出たのは四ツ（午後十時）前でした」

「そうだ、その通りだ。店の者もそう言っておった。で、それからお前は大工の庄助と別れて大川べりの河岸地に出て、用を足したんだな」

「へい。我慢できなくなったものですから」

「その時に、河岸地に引き上げていた舟のあたりで、死んだ伊助と誰かが言い争っていたんじゃないのか」

「言い争っていたかどうか。声を荒らげて、男たちが何か言い合っていたような気がします」

「気がしますだと……思い出すんだ」

瓜顔の同心は、叱るように言った。

「庄助も、ちらとは見たらしいのだが、お前が用を足すのを待ってられないと先に帰っておる。お前だけが河岸に残っている」

「……」

「殺しはその後で行われたらしい。そして大川に投げられたのだ。お前が河岸を去ってまもない刻限に、通りかかった舟の船頭が、人を投げ込むような音を聞いているのだ。しかし、見えたのは人の影だけだったという。そうすると、一番間近で見たのはお前だということになる。お前、まさか嘘をついているのではあるまいな」

「お役人様、勘弁して下さいよ。本当にあっしは何も見てねえんでございますよ」

留吉は、ちらっと、助けを求める視線を十四郎に送ってきた。

「お役人、この男は嘘をつける人間ではない。少々間が抜けているのが玉に瑕《きず》だが、今度の一件も、用を足すことばかりが頭にあって、他のことに注意を払う暇などなかったのではないかな。もう許してやってくれぬか。いや、この先、何か思い出すようなことがあったら、ここにいる大家の八兵衛と一緒に届けさせる。約束するぞ」

有無を言わさぬ口調で言った。

「まっ、そういうことなら……大家、頼んだぞ」

瓜顔の同心は八兵衛に念を押すように言い、釈然としない顔で帰っていった。

「やれやれ、同じことの繰り返しで、どうなることかと思っておりました。塙様のお陰でございます」

八兵衛は額の汗を拭うと、

「みなさん、ご心配をおかけしましたが、もう終わりましたから、どうぞお引き取り下さい」

長屋の連中に向かって言った。

なんだ、そんなことか……などと、ぞろぞろ連中が引き上げていった後で、留吉がふと顔を上げて、十四郎を見た。

「何だ、何か思い出したのか」

「へい。見たんじゃなくて、聞いたことがありました」

今更この男は何を言い出すのかと思って見返すと、

「何をだ」

「ポキポキという音ですよ」

「何……ポキポキとは、何の音だ」

「指の音です。指の関節を鳴らす音です。一人の男が、ポキポキ鳴らしながら話していやした。辺りは静かでございやしたから……」

その音が夜のしじまに、ひときわ響いていたのを思い出したのだと、留吉は言うのであった。

「ほう……」

十四郎は頷いた。そういえばいつだったか、自分もそんな男を見たことがある。誰だったか思い出せないが、あの音だけは確かに小気味よく響くのを覚えている。

十四郎の脳裏には、小気味のいい関節を鳴らす音が蘇っていた。

橋屋から十四郎に呼び出しがあったのは、その日の午後、七ツ過ぎだった。

使いにきた万吉とごん太と一緒に橋屋に赴くと、医師の柳庵《りゅうあん》がお登勢と居間で待っていた。

「おひさしぶりでございます」

柳庵は絽《ろ》の黒羽織の袖口に、団扇《うちわ》で風を送りながら、にこりと笑みを見せた。

「柳庵、近頃はずいぶんと患者も増えて、たいへんな忙しさだと聞いているが、こんなところで油を売っていていいのか」

「おあいにく様。弟子の福助《ふくすけ》も、少しは薬の調合を覚えてくれましたので……それに、万寿院様やお登勢殿のお顔を見るのも楽しみですから。こちらに参る時には、全部福助に任せております」

「それは結構……で、お登勢殿、火急《かきゅう》の用とは何かな」

十四郎も、そこに座った。

すぐに女中のお民が冷たい茶を運んでくる。

「十四郎様、お迎えに上がったのは、万寿院様の御用です。十四郎様がおいでになったら、方丈の方までお連れするようにと申されまして」

「何かあったのか」

十四郎は怪訝な顔で聞いた。

柳庵が橘屋でのんびり茶を喫していることから考えれば、万寿院様の体に何か異変があったという訳ではあるまい。修行中の女の身に何か不都合があったのかと十四郎は思ったのである。

「お願いしたいことがあるようです。わたくしもご一緒します」

お登勢が言い、お民に日傘の用意を頼む。

「では、わたくしも……」

柳庵も腰を上げた。

「お脈の拝見に参りますので」

と言う。

結局三人揃って方丈に出向いたが、万寿院はその時、方丈の庭で修行中の女たちに囲まれて、なにやら晴れやかに談笑していた。

だが十四郎たちの顔を見ると、すぐに部屋に立ち戻り、柳庵に脈をとらせながら、

「十四郎殿もお登勢も覚えているでしょう、この寺で修行をしたおさくのことです」

二人の顔を確かめるように見た。

おさくとは、奈良晒《ならさらし》『結城屋《ゆうきや》』の跡取り息子勝三《かつぞう》の女房だったが、二年の修行を終え、離縁が無事成立して寺を出た女である。

「はい。寺を出てもう二年になります。離縁が叶《かな》った時、はらはらと涙を流して万寿院様にお礼を申されました。芯の強い人でしたが、思い詰めていたものもそれだけ大きかったのかと、わたくしも十四郎様も胸を痛めました」

お登勢の言葉に万寿院は鷹揚《おうよう》に頷くと、春月尼が奥からしずしずと持ってきた文箱《ふばこ》を十四郎とお登勢の前に置き、嬉しそうに言った。

「そのおさくですが、この文箱をあの時のお礼だと申して、送って参ったのです」

「まあ……」

お登勢は目を瞠った。

文箱の漆《うるし》の色も艶やかだが、その箱にかけた紅色模様の組紐の見事さはたとえようもなく、二人は目を奪われた。

「この寺に入ってきた時には、嫁入り前まで組紐師になりたくて、糸屋のお師匠さんに習いに行っていたという話をしていましたが、これを見ると、この寺を出てから腕を磨き、もう立派に独り立ちしているようです」

「本当に……万寿院様、このように美しい紐を見たことがございません」

「嬉しいことです。この寺にお預かりしてよかった、そう思えるのはこのような時です。そこでじゃ、十四郎殿。そなたにおさくの様子を、この万寿院にかわって見届けてきてもらいたいのじゃ」

「承知致しました」

「よくも立派に転身したものだと思う一方、おさくのご亭主は相当の短気者だったと聞いた覚えがあります。その後、嫌がらせなどもなく平穏に暮らしているのかどうか、それもな」

「御意……」

と頭を下げた十四郎は、はたと当時のおさくの亭主勝三の激昂《げっこう》した折の癖を思い出した。

勝三はいらいらすると、それを言葉に表すのももどかしいのか、しきりにポキポキ手の指の関節を鳴らしていたからである。

俄かに十四郎の胸に不安が広がった。

まさかとは思うが、大工の留吉から聞いた話を思い出したのである。

柳庵が万寿院の脈を診《み》るのを待って寺を辞したが、橘屋に戻る道すがら、十四郎はお登勢に、昨夜起こった事件のことで長屋に同心が訪ねてきた話をした。やはりお登勢も、大工の留吉が見たという指の関節を鳴らす男の話には一抹の不安を覚えたらしく、言葉を失して十四郎を見た。
「あら、その遺体ならわたくし検死を致しました」
傍で聞いていた柳庵が言った。
「まことか。して、死因はなんだったのだ」
「心臓をひと突き……刀傷でしたね。もっともそれが、お武家様が腰に差している
るものか、あるいは匕首なのかは判然としませんでした。水で傷口がふやけてお
りましたからね」
「その者の名は伊助とか言っておったが、何者なのか、柳庵、そなたは聞いてお
るか」
「いえ……もしお知りになりたいのなら、わたくし、探りを入れてみましょう
か」
「頼む。長屋にやってきたのは北町の同心ではなく、南だったからな。北なら松
波さんに聞けばすぐに仔細《しさい》は分かるのだが……」
「承知致しました。十四郎様のお手伝いなら、この柳庵、どのような危険があろ
うと喜んで致します」
柳庵はきゅっと片目をつぶって、笑みを送ってきた。

二

「十四郎様、早く……」

お登勢は忙しく歩を早めては、後ろの十四郎を何度も振り返って促した。

一抹の懸念はあるにしろ、橘屋の手で離縁を果たし、立派に更生している女のその後を確かめる心躍る様子が窺える。

薄物の紫紺《しこん》の小袖を着ているのだが、下に着用している長襦袢《ながじゅばん》の地模様が小袖に浮き立つように作られていて、お登勢の匂い立つような色気をいっそう醸《かも》し出している。

そのお登勢が、何かの拍子に、そう……例えば今日のように、思いがけない外出になった時など、小娘のような晴れやかな顔をみせるのも、十四郎にはいじらしく思えて心惹かれる。

お登勢の姿は一介の良家の子女が、たまの外出にはしゃいでいるようにも見え、自分もそれにつき添うそこそこのお役目を賜るひとかどの武家のような錯覚にとらわれる。

――しかし現実は……。

二人の間には、そう簡単には乗り越えられぬ事情がある。

　十四郎はお登勢の形のよい後ろ姿を追いながら、ふっと一瞬の夢に踏み込んだ自身の思いを苦笑した。

目指すおさくの住居は、大伝馬町《おおてんまちょう》二丁目の横丁を入った仕舞屋《しもたや》にあった。

間口二間ほどの家の軒に『組紐師』の看板がかかっていた。

お登勢がおとないを入れると、待っていたかのように、おさくが玄関に飛んで出てきた。

「十四郎様、お登勢様、おひさしゅうございます。忙しさにかまけてご挨拶もままならず、失礼を致しておりました」

以前より少しふっくらとした顔が、笑みを湛えて二人を迎え入れてくれたのである。

おさくは、すぐに二人を座敷に案内した。

家は二階屋で、下に座敷が二間と板の間と台所があり、二階にも二間あるのだと、おさくは言った。

階下はすべて仕事部屋になっていて、絹の色糸の箪笥《たんす》が並んでいる部屋と、もう一つの座敷は組紐の作業場になっていて、弟子の娘が一人、背丈より高い壁に色糸の束をくくりつけて、組糸にする糸の量を揃えていた。

部屋には組紐の台の角台や丸台が置かれてあり、おさくが座っていたと思われる場所には、八ツの組玉をつかった角台があった。八ツの組玉をつかっては、八本糸を交差させて糸を組んでいくことを八《や》ツ組《ぐみ》という。

「おくみちゃん、すみませんがお茶をお願い」

おさくは弟子の娘に言いつけると、

「まさか、いらして下さるとは思いませんでした」

組台を脇に滑らせて二人に向かい合うと、にこにこして言った。

寺を出てからの二年の間に、おさくがどんな暮らしをしてきたのか、それだけで物言わずとも分かるようで、十四郎もお登勢も、ほっと胸をなで下ろした。

「お弟子さんまでいるのね」

お登勢は、茶を出してくれた娘を、ちらと眺めて弾んだ声で言った。

「ええ、今日はおくみさん一人ですが、もう一人います。私、勝三さんと一緒になって一時中断しましたけれど、娘の頃から数えますと組紐に携わった期間もかれこれ十年近くになります。近頃は注文もさばき切れないほどで、それで皆様にも失礼しておりました」

「なによりですよ、おさくさん。万寿院様もたいそうお喜びで、あなたの様子をみてきてほしいと申されましてね、それで十四郎様と伺ったのです」

「ありがたいことでございます。慶光寺での修行は私にとりましては、とても貴重な体験だったと思っています。特に万寿院様から手解《てほど》きを受けました和歌や、物語の読み書きなど、今こうして組紐をやっておりますと、その精神が作品に生きて表れてくるような、そんな気がするのです。私の組紐が喜ばれるのは、そういったなんと申しますか、心の綾を組み込んでいるからではないかと、思っています」

「ほんとに羨ましい……糸屋さんの店先で、組紐を組んでお客様に見せていたのを覗いたことはありますが、こうして作業場を拝見するのは初めてです。それにね、あの万寿院様に献上された文箱の紐の紅の色の深いこと……あれは、自分で染めたのではありませんか」

「はい。紅花《べにばな》でなんどもなんども、やっと気にいった色に染まりましたので万寿院様にと存じまして……」

「万寿院様はね、春月尼様の話によりますと、あなたの作品をご覧になって、袖を目に当てていらしたと聞いていますよ」

「万寿院様が……」

おさくは言葉を詰まらせた。そして言った。

「嬉しい……失礼なこととは存じますが、姉とも、母ともお慕いしておりました。長い年月の間には、気持ちがささくれ立つこともございましたが、そんな時に、あの万寿院様のお人柄に接しますと、不思議と優しい気持ちになれました。勝三さんとのことで、優しい気持ちなんて忘れていた私は、何度も考えさせられました。相手を責めることに終始していた自分を恥ずかしく思いました。生まれ変わってしっかり生きていこうと固い決心をすることができたのは、万寿院様のお陰です」

「ええ……」

お登勢も、しんみりして頷いた。

十四郎は傍で二人の話を聞きながら、おさくに会ったら勝三のことを尋ねてみようと思っていたが、それが殺しにかかわることだと考えれば、幸せをかみ締めているおさくに余計な心配をさせてはならぬと、尋ねることを止めた。

おさくの暮らしに、暗い影の差す話はしてはならぬ、可哀相だと思ったのである。

女二人の話は弾んで、おさくの家を辞したのは一刻も後だった。

「よかったこと……」

お登勢は、華やかな色糸に酔ったように、出てきた仕舞屋を振り返った。

その時であった。

玄関の戸が開いて、

「お待ち下さいませ」

おさくの弟子の、おくみという娘が顔を出し、小走りしてやってきた。

「あの、お師匠さんのことで心配なことがあるんです」

おくみは言った。その顔には不安な色が滲んでいた。

「何ですか、言って下さい」

「はい。荒んだ顔の男の人が、二度ばかり訪ねてきたことがあります」

「何、その男は何を言ってきたのだ」

十四郎の脳裏には、勝三の姿が浮かんでいた。

「俺がこうなったのはお前のせいだとか、責任をとってもらうとか……玄関でのやりとりですから、はっきりとは聞こえませんでしたが、お師匠さんは、やんわりと玄関払いを致しました。私、別れたご主人ではないかと思ったのですが、お聞きするのも憚《はばか》られて……そしたらお師匠さんは、気にすることないのよ、もう関係のない人だから、そうおっしゃったのですが、その人、また来るとかなんとか言っていたようですから、私、心配で……」

おくみは顔を曇らせた。

「一つ聞きたいのだが、その男は、指をポキポキ鳴らす癖はなかったか」

「ありました。とても大きい音でした」

——勝三だ……間違いない。勝三がまたおさくの前に現れたのだ。

十四郎の心配は的中した。

「分かった。何かあったら橘屋に知らせてきなさい、いいね」

おくみに言い含めながら、結城屋の若主人だった勝三を思い出していた。

勝三は、見るからに血色のいい精力的な男だった。それが、荒んだ思い詰めた表情になるとは、いったい勝三に何があったのかと十四郎は思ったのである。

「十四郎様、放ってはおけませんね」

お登勢は引き返していくおくみの背を見ながら言った。

十四郎がお登勢と別れて、かつておさくの嫁ぎ先であった結城屋の店がある数寄《す》《き》屋町《やちょう》に立ち寄ったのはまもなくのこと、だがそこには結城屋の暖簾はなくなっていた。

看板も奈良晒ではなく、足袋《たび》卸《おろし》『亀多屋《かめだ》』となっていた。

差し向かいの小間物《こまもの》屋の店に入って、店番をしていた女将に結城屋のことを尋ねてみると、女将は顔をしかめて、

「あの若旦那が、お店、潰してしまったんですよ」

店の上がり框に座を勧めながら言った。

女将とは、以前に結城屋の夫婦のことで話を聞いたことがあって顔見知りだった。

「いつのことだね」

「お店を手放したのは一年も前になりますかしらね。でもね、おさくさんが寺入りした頃から、もう、それはそれは、私たちが見ていても自棄っぱちの暮らしをしていましたね」

「……」

「そんなことなら、おかみさんを大切にして、外に女なんかつくらなきゃよかったんですよ。羽振りがいいからって女なんか囲うから……だって結城屋さんの奈良晒は評判がよかったんですもの。麻の最上は奈良晒だっていうでしょ。それを、女にうつつを抜かしている間に、越後上布《えちごじょうふ》や米沢縮《よねざわちぢみ》にとってかわられて、こちらから見ていても、見る間にお客様の数が減っていきましてね。あぶないなって見てる間に人手に渡ってしまったんですよ」

女将の言う通り、おさくが橘屋に駆け込んできた時には『奈良晒は、奈良より出づる麻のことで、糸も細く、佐保川《さほがわ》の水で晒す麻布で、地薄く、色白く、染めて帷子《かたびら》、羽織に用いて良し、近国余郷さまざまあれど、これに勝るものなし』などと評判だったのである。

「あれだけの身代《しんだい》をとられるとは、勝三はいったい何に手を染めたのか……まさか全てを女につぎ込んでしまったというわけではあるまい」

「噂では博打だとか富籤《とみくじ》だとか言ってましたがね、本人に聞いたわけではございませんから……そう言えばお武家様が一人、よく来ていましたよ」

「何……どんな武家かな、その男は」

「そうですね、三十いってるかどうか、お武家様といっても、大小を差しているからそう見えるだけで、あれをとったら、お武家様の物腰には見えませんね……そういう人ですよ、うまく説明ができませんが」

「おふくろさんがいただろう、勝三の妹と一緒に暮らしていた」

「ええ、おりましたけれど、姿は見ませんでしたね……そうそう、塙様。一度ね、おさくさんが訪ねてきたことがあるんですよ」

「何……いつのことだ」

「店が人手に渡った後でした。おさくさん、組紐のお仕事してるんだって言ってましたね。でも、いくらなんでも、別れたとはいえかつての嫁ぎ先が人手に渡ったのが辛かったようです。旦那が今座っていらっしゃるそこに腰かけて、むこうに見えるお店を見ながら、哀しそうな顔して言ってました、私がお店をやっていれば……私はいけない女ですね、って……」

「……」

「それで私は言ってあげたんです。そんなことはありませんよ。だって、あなたがお店を守《も》り立てれば守り立てるほど、ご亭主はいい気になって遊び回るんだから。忘れちゃだめですよ、囲っていた女が乗り込んできて、あなたに酷いことを言ったことを……。そう言ったら、寂しそうに笑っていました。ほんとに女というのは、我慢に我慢を重ね、離縁してもなお辛い思いをさせられるものだと思いましたね」

「……」

「だから私も、うちの亭主に言っているんでございますよ。女房を粗末に扱ったら、なにもかも失うようなことになりますよって……」

女将は自分の亭主の話まで持ち出して言い、にやりと笑った。

「すると何か、勝三は今どこにいるのか分からないのか」

「行方《ゆきがた》知れずだっていう噂ですが、でも、おっかさんのお吟《ぎん》さんなら知っているでしょうね。いくらなんでも親子なんですから」

女将は暗い顔をして向かい側の店に靡《なび》く暖簾に目を投げた。

三

十四郎は、勝三の母親お吟が、小川橋《おがわ》を急ぎ足で渡っていくのを、橋袂の町角からじっと見ていた。

小川橋というのは、浜町堀《はまちょうぼり》に架かっている橋である。

橋の西側には難波町《なにわちょう》が広がり、橋の東側には武家屋敷が隅田川まで続いている。

お吟は、娘夫婦の遺児二人と難波町の裏長屋に住んでいるが、橋向こうの旗本加納彦四郎《かのうひこしろう》の屋敷に、通いで賄《まかな》い婦として奉公していた。

お吟は、小川橋を朝早く渡って勤めに出て、日の暮れる頃に向こうから橋を渡って帰ってきた。

歳は六十半ばだと聞いている。

腰も伸びているし、髪もきちんと結い上げていて、かつての結城屋の女将としての毅然としたものが垣間《かいま》見えるが、着ている物は粗末な木綿の着物であった。

しかも苦労に蝕《むしば》まれたように痩せていて、橋を渡る時、強風でも吹けば飛ばされそうな感じである。

もう隠居の年頃なのに、まだ幼い孫二人の養育が肩にかかっていては、いかにたいへんな暮らしだろうと、十四郎は胸が塞いだ。

お吟には二人の子供がいた。一人は勝三、そしていま一人はおあいという勝三の妹だった。

このおあいが、勝三がおさくと祝言をあげるより二年も早く、この難波町にあった扇屋『伏見屋《ふしみ》』に嫁ぎ、男女一人ずつをもうけていたが、おあいは子の世話や養育に母親のお吟を頼って呼び寄せて暮らしていた。

だが、おさくが寺入りしている間に伏見屋は火事に遭い、おあい夫婦は焼け死んだのである。

お吟と二人の幼子は、その晩は勝三の店に泊まっていて難を逃れた。

おあいの二人の子は一度に両親を亡くしてしまったのである。

難波町では、残ったお吟と二人の子供のために裏長屋を提供し、そればかりか、町費の中から三人に扶助金を渡して暮らしを手助けしていたのである。

だが、それだけで暮らしが成り立つ筈もなく、お吟は一年前から旗本屋敷に奉公するようになり、なんとか幼い二人を育てているらしかった。

十四郎はむろん、おさくと別れた勝三の身辺まで知る由《よし》もなかった。

近所で老女と孫の寂しい暮らしの様子を聞いた後で、お吟たちが夕食を済ませる頃合を見計らって、長屋を訪ねてみた。

するとお吟は、鬼でも見るような顔をして、十四郎に言ったのである。

「ふん、あんたがあの嫁に悪知恵を吹き込んだ人ですか」

いきなりの口上だった。

「今更でございますが、結城屋の歯車がおかしくなったのは、あの嫁のせいでございますよ。悋気《りんき》がましい嫁が勝三を不幸のどん底に突き落としたばかりではなくて、私たちまでその不幸に魅入られて、見て下さいまし、この暮らしを……私は死んでもあの嫁を許しません。そして、あの嫁に手を貸した橘屋の皆さん方も許せません」

「母親としての気持ちは分かるが、だがな、離縁になったのは勝三のせいではないか」

十四郎は言った。取りつく島もないことは分かっていたが、せめてもの諫めの言葉だった。

「いいえ、勝三はまっすぐな人間です。気の弱い男です。悪いことなんて、これっぽっちもできない男ですよ」

「おふくろさんは、勝三の本当の顔を知らぬようだな」

「囲い女のことでしょうか。そんなもの、男が商いを大きくするためには、それぐらいのことはあるでしょう。そういうことの理解もできなかったおさくは、結城屋にとっては、まったくの悪妻でした。百年の不作でございました。何をお聞きになりたくて参られたのか存じませんが、もうお話しすることはありません。

どうぞ、お引き取り下さいませ」
お吟は、枯れ枝のような手を震わせて言ったのである。
勝三の行方を聞くまでもない、敵意を丸出しにした物言いだった。
そこで十四郎は、お吟たちを町役として見守っている家主の庄兵衛《しょうべえ》に会い、そ
勝三のことを尋ねてみたが、庄兵衛は長屋に勝三が現れた形跡はないと言い、そ
のことがお吟にいっそうの苦労をかけているのではないかと言った。
「そうは申しましても、世間は冷たいばかりではございません。あの三人の話は
一度読売にも出たことがありますが、その読売を読んだ篤志家《とくしか》で、ぜひ力になり
たいと申し出をして下さった方がいらっしゃいまして、盆に暮、それにお節句な
どに結構な金額のお金を送ってこられるお人がいます」
感心しきりに庄兵衛は、そんな話をしてくれたのだった。
「ほう……世の中は捨てたものじゃないな」
「さようでございます」
「しかし誰だね、その篤志家というのは」
「それが、けっして自分の名は明かしてくれるなと頼まれているものですから
……その人のお陰ですよ、なんとか暮らしが立っているのは。お屋敷奉公といっ

たって、お吟さん一人の暮らしならなんとかなるでしょうが、子供たちも、上の政吉《まさきち》ちゃんが五歳、下のお道《みち》ちゃんが四歳ですからね、これからが大変です」

「すると昼間は、子供たちはどうしているのだ」

「長屋の者が交替で見ています」

「しかし勝三も呑気なものだな、そんな母親の苦労も知らずに」

「はい、私もそう思いますよ。勝三さんがしっかりしていれば、あの婆さんと孫は救われますのに……」

庄兵衛はそう言うと、溜め息を吐いた。

結局、お吟が住む長屋では勝三については何も分からなかったのである。

だが、ひょっとして勝三が母親の前に現れるのではないか……十四郎はそんな思いで、二日ばかりお吟から目を離さずにいたのであった。

十四郎は、お吟が武家屋敷の板塀の中に消えていくのを見届けて、橋の上に立った。

「十四郎様……」

藤七が足早にやってきて、十四郎の傍に立った。

藤七は、おさくの住まいに張り込んでいた。

「何か分かったか」

「まずは一つ……これはお登勢様が松波様からお聞きになった話ですが、殺された伊助と勝三さんは賭場仲間だったようです。本所《ほんじょ》の回向院《えこういん》前の賭場に、よく二人で現れていたようです。勝三さんは伊助殺しになんらかの形でかかわっているかもしれないという話でした」

「うむ……」

「それから、おさくさんの家に勝三さんはあれから現れてはいません。ただ、おさくさんは、明日、糸屋やら武具屋やらに、注文を受けていた組紐を届けるようです。この納品日というのは、月の初めと中頃に納めるように決まっているようですので、勝三さんがそれを知っていれば、その時おさくさんに近づくのではないかと思われます」

藤七は、確信ありげに頷いた。

翌日、十四郎はおさくの外出をそっと尾けた。

おさくは、風呂敷包みに、半月の間に仕上げた組紐を包んで、本町の糸屋や馬《ば》喰町《くろちょう》の武具屋、そして浅草《あさくさ》の幾つかの寺院を回った。

すべての品を納めたのは昼の八ツ、浅草の帰りに柳橋の南袂にある「宇治《うじ》団子」と書いた暖簾を張る店に入った。

十四郎もおさくに背を向けて団子を頼んで座っていると、

「十四郎様……」

にこにこして、おさくの方から近づいてきた。

「ずっと私を見守って下さったんですね。ありがとうございます」

「ばれていたのか……それより大したものだな。お前の品はどこでも大喜びされていたではないか」

「お陰様で」

おさくは、晴れ晴れとした顔で言い、

「組紐なんて日々の暮らしの中では、それほど使われているという感覚がありませんが、結構あるものですね。自分の組んだ紐が、あちらこちらで使用されているのを見ると、ああ、この仕事をしていて良かったと、そう思います」

おさくは夢を見るような顔をした。

寺を出た女で、これほど確かな歩みをしている女はいないのではないかと思われるほど、その顔は充実していた。

十四郎はしかし、まだ勝三のことを聞きあぐねていた。

今日こそはきちんと知らせて、これ以上勝三にかかわることのないように釘をさしておいた方がいいと思いながらも、組紐の魅力について滔々《とうとう》と述べるおさくの顔を見ていると、十四郎は水を差すような思いにとらわれて躊躇《ためら》った。

だが、おさくはひとしきり話をし、茶を喫すると、ふと顔をあげて十四郎を見た。

「十四郎様。わたくしの身辺に気を配って下さっているのは、勝三さんのことがあるからですね」

おさくの方から聞いてきた。

「うむ、気づいていたのか」

「昨夜、お役人が参りました。勝三さんが来ていないかと……」

「そうか……」

十四郎は頷いて、茶を喫した。

「伊助さんという人が殺されたようですが、そのことで勝三さんを捜しているのだと……」

「うむ」

「勝三さんは何をしたんですか……人殺しにかかわるような、そんなところまで堕《お》ちてしまったというのでしょうか」

「……」

「私はどうすればよいのでしょうか」

困惑した顔を見せた時、突然ずかずかと近づいて、おさくの腕をぐいと摑んだ者がいる。

「ちょっと外まで出てくれ」

勝三だった。

「勝三、捜したぞ」

十四郎が立ち上がるが、勝三は目もくれずに、

「来い」

押し殺した声で言い、おさくの腕を引っ張って外に出た。

十四郎は代金を払って、二人の後を追った。

勝三は、おさくの腕を引っ張ったまま、河岸に下りていった。

薪を積み上げている陰に身を隠すように入ると、

「おさく、よりを戻すことはできないか」

懇願するような目で言った。

「勝三さん、もう終わったことだと言った筈です」

「あの女とは、とっくに別れたんだ。それに俺は今追われている。命を狙われている。よりを戻せないというのなら、せめて匿《かくま》ってくれ……なあ、おさく」

「無理です。私のところにお役人がやってきました。勝三さん、まさかあなた」

「やってない。殺しなんてやってないんだ」

勝三は、いらいらして、指の関節をポキポキ鳴らした。

「勝三、やってないのなら、自分から自訴して説明しろ。それとももう一つ、おさくにこれ以上纏《まと》わりつくのは止めろ」

十四郎が姿を現した。

「旦那……旦那はひっこんでいてもらえませんか。これは俺とおさくの話だ」

「そうはいかぬ。おさくは慶光寺で修行を積んで、お上《かみ》のお許しを頂いて離縁したのだ。橘屋としても、黙って見過ごすことはできぬ」

「うるさい。おさくは寺を出ている。もう橘屋がごちゃごちゃ干渉するな」

勝三は、いっそう激しく指の関節を鳴らした。

「その指の音だ。お前のその音を、伊助が殺された場所で聞いた者がいる」

勝三は、ぎょっとした顔をした。

その表情から、勝三が伊助殺しに関与しているのは確かだと思った。

「勝三さん……まさか、嘘でしょ」

おさくが不安な顔で勝三を見た。

「ちくしょう……どいつもこいつも」

勝三は、飛び退くと、懐から匕首を取り出した。

「馬鹿な真似はよすんだ。いつまでそうして人のせいにして暮らせば気が済むのだ。男として恥ずかしいとは思わぬのか」

十四郎がおさくを庇って立ったその時、勝三の匕首が風を切って振り下ろされた。

だが次の瞬間、勝三は二間ほども飛ばされていた。

「おさく……」

勝三は、恨みとも未練ともつかぬ声を上げてよろよろと立ち上がると、ふっきるように河岸から大路に上がり、十四郎たちの視界から消えた。

土手の上に藤七の姿がひょいと現れ、十四郎に頷いてみせると、勝三の後を追った。

四

——あの男が、かつて奈良晒の結城屋の若旦那だったとは、誰も思うまい……。

藤七は、勝三が入っていった裏店の障子戸の前で、じっと様子を窺った。

微かに水の匂いがする。近くを流れる神田堀の水の匂いだと思った。裏店は亀《かめ》井町《いちょう》の堀の傍にある。日盛りの熱に堀の水が蒸発して、それが長屋の路地まで流れ込んできているようだ。

藤七は、勝三が誰かと一緒に住んでいるのかと思ったが、家の中からは勝三がたてる音の他は何も聞こえてこなかった。

——ここでは人の目につく。

藤七は踵《きびす》を返した。木戸口で勝三を見張ろうと考えたのだ。

静かにその場所を離れて木戸口に引き返してきた藤七は、路地に入ってきた小間物屋と擦れ違って立ち止まった。

小間物屋は、木戸を入ってきた時から下を向いていて、藤七とは視線を合わせることはなかったが、行き過ぎてから、藤七は小間物屋の横顔に覚えがあることに気がついた。

藤七は振り返ると、小間物の荷を背負っているその男の背に、声をかけた。

「もし、結城屋さんの番頭さんではありませんか」

小間物屋はぎくりとして立ち止まった。

首だけ捩じって藤七を見たが、

「橘屋さん……」

驚愕して息《い》を呑んだ。

「番頭の和助《わすけ》さんでしたね……勝三さんを訪ねてきたのですか」

「橘屋さん……ちょっと、すみません。ちょっとそこまで、お付き合い願えませんか」

和助は、勝三の住む家を気遣うように藤七の傍に引き返してきて、怪訝な顔をして見返した藤七の耳に、横顔を近づけると、

「ここで橘屋さんにお目にかかったのも何かの御縁……お願いしたいことがあります」

押し殺した声で言った。和助の声には、切羽《せっぱ》詰まったものが窺えた。

藤七は頷いた。

　すると和助は、先に立って木戸を出ると、甚兵衛《じんべえ》橋の袂にある蕎麦《そば》屋に入った。客はまばらだったが、和助は奥にずんずん歩き、腰かけではなく畳の座に上がると、酒だけ頼んで藤七と向かい合った。

「なにからお話ししていいのか……結城屋が潰れたことはご存じですね」

　和助は言い、藤七の顔を窺った。

「知っています」

　藤七が、勝三を追っかけて長屋をつきとめた経緯《いきさつ》を告げると、そうですか、そんなことがあったのですかと、和助は溜め息を吐き、

「私がお願いしたいという話も、今話されたことと無縁ではないのです……」

　和助はそう言うと、酒を運んできた小女《こおんな》に、

「後でお蕎麦を頂きますからね。しばらく二人だけにして下さい」

　と釘を刺し、改めて膝を寄せてきた。

　和助の話によれば、おさくが寺入りして、これでどう足掻《あが》いても最後は離縁をさせられると知った勝三は、すっかり商いをする気が失せたのか、博打に走り、富籤で儲けるのだと言って、店の金を持ち出した。

　やがて店は人の手に渡り、囲っていた女にも愛想を尽かされて追い出されると、

行く当てに困って和助を頼ってきた。

和助は結城屋が潰れたあとは、馬喰町の小間物屋『小島屋《こじま》』に拾われて、外回りの仕事をしている。

安い給金で勝三の世話をするのは容易なことではなかったが、事情はどうあれ、長い間世話になった店の主、結城屋にいた時に貯めていた金で、亀井町の裏長屋を借り、勝三を住まわせたのだという。

女将さんのことは諦めて、どうかやり直してほしいと再三励ましたが、勝三の暮らし向きが変わることはなかった。

和助ははらはらしながら見ていたのだが、数日前に小島屋に人相の良くない男が二人やってきて、勝三の居所を知っているなら、正直に話せと脅された。

和助は咄嗟に、勝三の住まいを教えれば、勝三がどんな目に遭うのか察知した。

男は実際、

「正直に教えてくれれば、お前さんの命までとるとは言わねえぜ」

そう言って和助を脅したのである。

その目の色には、異様な光が宿っていた。獲物を狙う猛獣の、血の臭いを嗅ぎ取った時のような獰猛《どうもう》なものが見えた。

後ろを見せれば、勝三ともども餌食《えじき》になる。

和助は、知らぬ存ぜぬを繰り返した。

すると男たちは、

「お前が知らないと言うのなら、おさくという昔の女房に聞くしかあるめえ。おさくはどこにいる」

今度はおさくに矛先《ほこさき》を向けてきたのである。

和助は、おさくが、さほど遠くないところで、組紐師として立派に暮らしていることは知っていた。

だが、勝三に義理を感じながらも和助は、離縁のいきさつについては、おさくに同情していたのである。

——ならず者たちを、女将さんのところに行かせてはならない。

そう思った和助は、

「おさくさんは旦那様とはきっぱり縁を切った方です。いまごろどこでどうしているのか知る由もありません」

強い口調でしらを切ったが、

「別れたとはいえ元夫婦だ。勝三は未練たっぷりに話していたからな。どこで何をして暮らしているのか、知っている筈だ」

男たちは和助を散々に打ち据えたのである。

「なんとか逃げ切りましたが、もう少しで腕を折られるところでした。その男たちは、そう言えば別れた女房は組紐をやっているとか言ってなかったか、などと口走っておりましたから、早晩、おさくさんの住まいは知れるのではないかと、ひやひやしているのです。あの者たちに見つかったら、命はありません。どうかお二人を助けていただきたいのでございます」

「和助さん、男たちの顔を覚えていますか」

「一人は浅黒い痩せた男で、もう一人は中肉中背の色の白い男でしたが、この男には腕に彫り物がありました……蛇の彫り物です」

いずれも凶悪な、忘れられない顔だと和助は言った。

「お登勢殿、和助が言った蛇の彫り物をした男ですが、商人相手の無許可の富籤をやっていた男の一人で、名を政蔵《まさぞう》といいます」

松波孫一郎は、お登勢と十四郎に向き合って座ると、藤七が和助から聞いてきた凶悪な男の一人について、知らせてくれたのであった。

「ありがとうございます。この月は北町は非番でございますのに、申し訳ありません」

「なんの……非番といっても役所には詰めております。ただ、この事件は南が手がけておりますので、こちらは勝手に動くことはできませんが、調べを問い合わせることはできます。それに政蔵については、南は知らなかったことですから、大いに助かったと思います。そうそう、殺された伊助という人ですが、この男も結城屋の勝三と同じように身を持ち崩して身代を潰した男です。京橋《きょうばし》の傍にあった古着屋『福寿屋《ふくじゅ》』の若旦那でした。結城屋が潰れるのと前後して、店は人手に渡り、両親は伝手《つて》を頼って上方《かみがた》にうつっていったのですが、伊助だけはこの江戸に残っていたのです」

「すると、勝三さんとは、随分と似通ったところがあるのでございますね」

「そういうことです。おそらく、先ほど話しました政蔵の餌食になって、身代を手放すことになったものと思われます」

「しかし、そこまでの大仕事……政蔵一人だけではできぬな」

十四郎は松波を見返した。

「おっしゃる通りです。政蔵の背後には、佐々木恭之助《ささききょうのすけ》という御家人《ごけにん》がいる筈です」

「御家人が……」

「そうです。御家人といっても、一年前までは町人だった男です。株を買って御家人になった男で、それまでには恐喝や詐欺などで、何度も名が挙がった怪しげな人物ですが、うまくお上の手から逃れてきた男です」

「やはりな……そういう人間と勝三がかかわっていたということは、勝三も奴らの悪行に通じていると考えねばならぬ。たとえ殺しはしてなくても、何かの秘密は知っている。だから勝三は追われているのだ。追われているが、自分からは訴えでることも叶わぬ。だからおさくに助けを求めたに違いない」

「おそらくそういうことでしょうな。塙さん、ここは勝三を説得して、奉行所に自訴させることとです」

「うむ……」

十四郎は頷きながら、勝三に自訴を躊躇わせているものは何だろうかと考えた。

親不孝を地でいっている勝三だが、やはり母や妹の子供たちのことが気がかりなのではないかと思った。

自分のことで、懸命に生きている母親の面目を失うことが、耐えられないのかもしれない。

お登勢も同じことを考えていたのか、

「十四郎様、勝三さんも人の子です。店を潰した上に罪人として名を連ねれば、お吟さんをいっそう悲しませることになります。だから逃げ回っているのではないでしょうか。馬鹿な人……万寿院様にしたって、この橘屋にしたって、寺入りして離縁したひとのご亭主はどうなってもいいなんて考えてるわけではございませんのに……それぞれが再出発して、生き直してほしいと願っているのに。おさくさんにしたって、あの人、芯の強い人ですから、顔には出さないでしょうが、別れてきた家のことは気がかりな筈です。これはおさくさんに限ったことではないのですが、別れたご亭主が、しっかり立ち直ってやってくれている、それがあってこそ、自分も次の幸せを求められる、誰もがそんな思いでいるようですから、おさくさん、このままですと、また不幸を背負うようなことになります」

お登勢は、十四郎を促すように言い、

「万寿院様がおさくさんの様子を見てきてほしいとおっしゃったのは、何かやはり、心にひっかかるものがあったのでしょうね」

溜め息を吐いた。

橋屋の仕事は、駆け込んできた女を保護して、離縁に相当する理由があれば、女の意を汲《く》んで手助けをすることにある。

だが、離縁した後の暮らしの行方までは、なかなか見届けるというわけにはいかない。

そこに橋屋の限界があるわけだが、今度のように、事情を知った以上は黙って見過ごすこともできかねる。

橋屋に駆け込んでくる女は、年々増えている。

男は外に女を囲っても、また正式に妾《めかけ》としても、そのことで世間に咎められることはない。だが反面、亭主持ちの女が他の男と通じれば、即刻不義密通で罰せられるのである。

たとえそれが実際に男と女の関係に及ばなくても、恋文と分かる文をやりとりしただけでも、不義とみなされる。

武家の世は、男の世である。

女は長い間、その慣習に慣らされてきて、不服の一つも口に出せば、悋気がましい女だとして疎《うと》んじられることになるのだが、女たちは心の中では、その不公平を叫びたい思いなのだ。

だから、そんな意思をしっかりもっている女たちは、寺に駆け込んで自分の生き方を改めたいと思うのだ。

それを……女の、女房の気持ちをないがしろにしてきた亭主たちが、無理矢理別れさせられたといって、身を持ち崩したり、恨み言を言うのは、ずいぶん勝手な理屈だと思わざるを得ない。

お登勢の憤りは、いつもそこにある。

このたび金五は、別の案件に手をとられていて、力を貸すことはできぬなどと詫びながらも、

「お登勢、勝三のような男はこの世にごまんと居る。それに、おさくとは無縁な男だ。別れた夫婦のことまで気遣っていたら身がもたぬぞ」

お登勢の身を案じて忠告してきた。

だがお登勢は、その忠告を一蹴《いっしゅう》したのである。

お登勢はその時、

「別れた夫婦だといっても見届けるのが使命だと考えています。十四郎様、よろしくお願いします」

十四郎にそう言ったのである。

十四郎も、むろんお登勢と同じ思いだった。

「お登勢殿、勝三の懸念を払ってやれば気持ちも変わるやもしれぬ。それに、少し気がかりなこともある」

十四郎は膝を起こした。

五

「塙様、どちらまでいらっしゃるのでございますか」

難波町の大家、庄兵衛は時折、先を行く十四郎に、行き先はどこなのかと聞いてきた。

「すまぬが黙ってついてきてくれ」

十四郎がそう言うと、庄兵衛は不承の顔をしながらも、ひょこひょことついてきた。

物憂いような陽射しが路上に落ちていて、夏の終わりをそれとなく告げている。

頃は七ツ、たそがれにはまだ一刻はある。

十四郎は、人々が陽のあるうちに用事を済ませようとして急ぎ足で往来している中を、ゆっくりと大伝馬町に入った。

そして横丁に入り、組紐師の看板がかかる仕舞屋の前に立って、後ろにいる庄兵衛を振り返った時、庄兵衛の顔には困惑の色が駆け抜けた。

十四郎が構わずおとないを入れると、声とともに、おさくがいそいそと現れた。

「これは十四郎様……」

膝をついたが、十四郎の後ろに立っている庄兵衛を見て、言葉を呑んだ。

「客人を連れてきたのだが、上がらせてもらってもいいかな」

「ええ……どうぞ」

おさくは戸惑いながらも頷いた。

十四郎は庄兵衛を促して、上にあがった。

「庄兵衛、この人を知っているな……そして、おさく、お前もこの人を知っている筈だ」

二人は、ちらっと顔を見合わせて、押し黙って俯いた。

「二人とも顔に書いてあるぞ。よくよく知っている仲だとな」

十四郎は、決めつけるように言った。

「俺は、庄兵衛から、お吟たちに金を送っている篤志家がいると聞いた時、いったい誰だろうと考えた。一度こっきりの話ではないからな。庄兵衛は名は言えないのだと言ったが、そのこともひっかかっていた。よほどお吟にゆかりのある者に違いないが、見当もつかなかった。だがな、お登勢殿が、離縁した女の心を推し量って話した時、俺は気がついたのだ。別れた女の心の中を読む……それはまさに、お登勢殿が女だからこそできることではないかと思ったのだ。ならば、おさくはどうだろうかと考えた。すると、ふっと思い出したことがあった。おさく、お前も覚えているのではないかな……」

十四郎は、おさくに言った。

だが、おさくは、身動《みじろ》ぎもせず、俯いたままである。

庄兵衛が興味深そうな目を向けた。

「おさく、お前が慶光寺で修行をしていた頃の話だ……」

十四郎は静かに語った。

その日、方丈の万寿院を訪ねての帰り、十四郎は鏡池《かがみいけ》で一人で物思いに耽《ふけ》っているおさくに気がついた。

別れに見通しがついたというのに、おさくの体は言うに言われぬ寂しげな空気に包まれていた。

十四郎はその姿に不安を抱いて近づいていった。

寺入りしている女も様々である。

固い決心をしたと思っても、女たちは二年もの長い間を、寺の中で常に自分の心と向き合う暮らしを続けている。

そうした中では、寺を出れば別れられると分かっていても、越してきた過去への後悔に押しつぶされて、あるいは先々への不安が募って自害する者もいるのである。

事実、十四郎も、寺の背後の雑木林で首を括って死んでしまった女をひとり知っている。

十四郎はおさくの傍に静かにしゃがむと、どうしたのだ、離縁を決意したことを後悔しているのかと尋ねてみた。

するとおさくは、

「いえ……ひとつだけ、胸に引っかかるものがあるのです」

哀しげな目で見返してきたのである。

「勝三のことかな」

「お義母《かあ》さんのことです」

おさくは、手にしていた赤茶けた紅葉《もみじ》をくるりと回して言った。

「ほう……話してみろ、気が楽になるぞ」

おさくの傍に立って、十四郎は池を見渡した。

秋も深く、池の周りの紅葉が、風が吹くたびに音もなく水の上に散るのが見えた。

水は御納戸《おなんど》色のように暗かった。

おさくは、その水面に、紅葉をそっと落として、

「私ね、十四郎様。勝三さんと一緒になった時に、お義母さんから手をとるようにして言われていたことがあるんです。あの子にはあんたが必要だって……よろしく頼むって……」

「ほう……」

「勝三の嫁にあんたをと願ったのは私なんだって……私の目に狂いはなかったって……」

「……」

「勝三さんのお母さんは苦労をされた方でした。小さな晒のお店から身をおこし

て、あれだけのお店にした人です。だから驕《おご》りがあるかというと、そうではなくて、私が縫ってあげた肌着も喜んで着けてくれましたし、まだ慣れなくて下手な料理も、美味しいって食べてくれた人でした。こんな美味しい料理は食べたことがないって言ってくれました。そんなことある筈がありませんもの……私が嫁いだ時には、押しも押されもせぬお店になっていたのですから、おつきあいひとつにしたって、名のある料理屋で接待していたのですからね。美味しいものは、うんと召し上がっていた筈です。それを……お義母さんは、私の心根を味わって下さったのだと、あの時私は思いました。私が寺入りするまで辛抱できたのは、あの義母の言葉があったからだと今でも思います。でも結局、私はお義母さんを裏切ることになりました。一緒に暮らしたのはほんの僅かで、義母は事情があって義理の妹の家に参りましたが、それだけに、あの優しい言葉に見合うだけの孝行を少しもしていない、それが苦しいのです。それなのに、こんなことになってしまって、一番悲しんでいるのはあのお義母さんかもしれないと思うと、切なくて……時々ここで、お義母さん、ごめんなさいって、謝っているのです」

おさくはそう言ったのである。

十四郎は、その時の様子は忘れられなかったと、目の前でうなだれているおさくに言った。

「嫁姑の仲は、うまくいかないのが普通だ。それを、こんな話もあるのかと、俺はあの時、耳を疑った。それを考えた時、ここにいる庄兵衛が言った篤志家というのは、おさく、お前ではないかと思ったのだ。ここはそれをはっきりさせて、勝三に告げてやることが、勝三の心を動かす一番の材料ではないかと思ったのだ。どうだ、本当のことを言ってくれぬか」

「……」

「庄兵衛、俺の言ったことに、間違いはあるかな」

十四郎は、おさくに向けていた目を、庄兵衛に向けた。

庄兵衛は、熱い目をして十四郎を見返した。

「塙様、私はこの歳になるまで、こんな心温まる話を聞いたことがございません。いやはや、感心を致しました。塙様のおっしゃる通りでございます。お吟さんにお金を送って下さっているのは、ここにいるおさくさんでございます」

「うむ……」

十四郎は頷いた。

「私も何度か本当のことをお吟さんに言ってしまおうかと思ったのですが、おさくさんの前でなんでございますが、お吟さんはたいそう、おさくさんを恨んでおります。勝三さんとおさくさんの離縁については、その訳をよく知ってはいないのだと存じます。だからおさくさんを恨んでいるのだろうと思いますが、お金を送ってくれているその人がおさくさんだと言えば、お吟さんは受け取るのを拒むでしょう。そうなれば、幼いあの子らを育てるのは容易なことではございません。それで、おさくさんの申し出を守って口を閉じていたのでございます」

庄兵衛はしみじみと言い、お吟さんには、おさくさんの気持ちをきちんと伝えるべきだと言ったのである。

おさくは言った。

「勝三さんの行状がどうあれ、最後の決着をつけたのは私です。お義母さんが私を恨むのも無理はありません。いつか私への憎しみがとけた時に話せばいい……そう思っていたのです、きっと気軽に私の気持ちを受けてくれる時が来るって……。十四郎様、勝三さんに伝えて下さい。やりなおして欲しいって……お義母さんのために……」

「おさくが、そんな殊勝なことを……」

勝三はふふっと笑った。そして、十四郎とお吟をすくいあげるように見て、

「そんな言葉を信じているんですか、旦那もおっかさんも……よくよく考えてみりゃあ、あいつのせいだぜ、なにもかもな」

「勝三……お前はどうしてそんな了見なんだろうね。おっかさんはここにいる旦那や庄兵衛さんから話を聞いた時には、顔から火がでるほど恥ずかしかった。なにしろ、それまで私は、今お前が言ったのと同じような思いでいたんだから……」

離縁ということになったのはおさくのせいだって思っていたんだから……」

「おさくのせいだよ、おっかさん」

勝三は、憎々しげに言った。

「いいえ、違いますね、お前が悪かったんだ」

「おっかさん……」

「おさくはね、離縁が叶った後で、一度だけ私たちが住む長屋にやってきたことがある。私は家の中に入れもしませんでしたよ、なにしろ別れる原因はおさくだと思っていましたからね。その時、おさくは黙って、深々と頭を下げて、なんにも言わずに去っていきました、何も言わずにですよ。お前のことだって非難めいたことは言わなかった……おさくは自分一人で離縁の重みを背負うつもりだった

んですよ、そんな切ない女の気持ちが、お前には分かっているのかい」

「……」

「それにもかかわらず、おさくは私たちに仕送りをしてくれていたんだよ。私はお前がお金を送ってくれているのかと思ったこともありました。でもよくよく考えてみると、それなら名を隠すことはない。世の中には、本当に心の温かい人もいるものだと思いましたよ。その温かい心の持ち主に恥じぬよう孫を育てあげなければいけない、おっかさんはそう思って、会ったこともないその人に感謝もし、誓いもして頑張ってきたんですよ。まさか、その人がおさくだったとは……私は泣きましたよ……なんて馬鹿な母親だったのだろうってね」

「……」

「お前は、私たちに居場所のひとつも教えてくれていないのに、おさくは……おさくは、組紐で貯めたお金を、私たちに送ってくれていたんです」

「……」

「一方では、お前のいやがらせに耐えながら、おさくは懸命に生きる道を探っていたんだ。おっかさんは、昔の自分を思い出しましたよ。お前をかかえて、必死に頑張っていた日のことを……ああ、やっぱり私の目に狂いはなかった。おさくはお前には勿体ないようなひとだったんだと……それなのにお前ときたら、つまらない女に引っかかって……いい加減に目を醒《さ》ましなさい」

「おっかさん……」

「目を醒まして、男としてけじめをつけておくれ。こそこそ逃げ回ったり、昔の女房につきまとうようなみっともない真似は、もうしないでおくれ。悪い奴らは、お前の居所を摑もうとして、おさくを捜しているらしい。おさくの身になにかあった時、お前は言い訳できるのかい」

厳しい口調でお吟は迫った。

それは、かつてお吟が、子供の勝三に言い聞かせていたに違いない口調だった。

勝三はしばらくじっと考えていたが、ぼそぼそと言い始めた。

「おっかさん……俺とおさくは、天と地ほども違った人間になっちまった……そのことに気づいていたけど、認めたくなかったんだ。この俺だって捨てたもんじゃねえ。それをどうしてあいつは分からないんだと、恨みつらみでここまできちまったんだ……誰に言われなくても分かっている。もう駄目だな、俺は……俺はお終いだよ、おっかさん……」

勝三は膝の上で拳を作ると、唇を噛んだ。

俯いたまま吐露する胸中には、悔恨の念が瞬く間に広がって、勝三を厳しく責めているようだった。

頬の陰りにそれが窺える。人生を見誤った哀しい男の姿だった。

いくら息子が悪いと分かっていても、お吟にすれば、こんな息子の姿を見るのは、どれほどの悲しみか……十四郎は胸を痛めた。

「勝三……」

十四郎は静かに声をかけた。労るような声だった。

「お前はお吟の子ではないか。お吟が育てた息子なら、もう駄目だなどという言葉はない筈だと俺は思うぞ」

「旦那……」

勝三が顔を上げた。素直な光が双眸《そうぼう》に見えた。

「お前はきっとやり直せる。勇気をもって悪縁を切れば、自《おの》ずとその道は開ける。俺がこんなところまで、おふくろさんにせがまれたとはいえ連れてきたのは、そのためだ。お前を非難するのは容易なことだが、そのためにやってきたのではない。お前を救いにやってきたのだ」

「……」

「及ばずながらこの俺も力になるぞ。むろん、橘屋のお登勢殿にしたってそうだ。番頭だった和助だってそうだ。お前が立ち直る日を願っているのだ」

「すまねえ……」

勝三は言い、鼻をすすった。

「話してくれないか。なにもかもだ。お前を救うただひとつの手立てだ……分かるな」

勝三は頷いた。

そして再び上げた顔には、強い決心が見えたのである。

「俺は騙されていたんです……なにもかもお話しします」

勝三は言った。

それは、勝三がおさくの駆け込みを知った頃に遡《さかのぼ》る。

自棄っぱちになって賭場通いをしていた勝三に、恭之助と名乗る青白い顔の男が近づいてきた。

恭之助は、負けがこんでいる勝三に、

「使いなよ。後で返せなんてケチなことは言わねえからさ」

ぽんと三両もの金を差し出した。

まさかその三両が、のちのち結城屋を破滅に追い込むとは、当時の勝三は考えもしなかった。

やがて恭之助が、好きなだけ遊べる金が手に入るが一枚嚙まないかと言ってきた時には、勝三は恭之助の手から逃れられないようになっていた。

恭之助が持ちかけてきた話は、陰富《かげとみ》と呼ばれる闇の富籤だった。

何しろ一枚が十両もする富籤である。客は商人ばかりで、当たれば五百両にも千両にもなるという触れ込みである。

勝三自身もその富籤を買ったし、取引先にも勧めたのである。

むろん一度に買う枚数は、三枚が五枚になり、五枚が十枚になった。金の都合のつかない場合は、店を担保に信用買いをした。

信用買いは金のかわりに証文で取引するために、手元から金が出ていく実感がない。

しかも損をした分まで取り返そうとして、百両単位で証文を切る。

当たる筈もない富籤を買い続け、気がついた時には、勝三は恭之助に多額の借りをつくっていた。

勝三は、富籤に誘った取引先からも信用を失って、気がついたら店は人手に渡っていたのである。

そうなると、勝三は恭之助の客ではない。手足となって働くただの子分である。勝三は明日のことどころか、今日を食いつなぐために、恭之助に言われるままに、悪事に手を染めていく。

おおかたは、金の払えなくなった商人を恐喝して、貸した金に多額の利子をつけて取り立てるのだが、勝三たちが脅しをかけたことで自害した者まで出てくると、さすがに気が滅入《めい》った。

恭之助は、裏稼業で得た金で、御家人株まで買って武士になった。名字は佐々木。恭之助は佐々木恭之助になったのである。

奉行所の役人も、これで容易に手が出せなくなる。それが佐々木恭之助の狙いだった。

悪行にますます磨きがかかっていった。

自分は陰に回って、危ない仕事は勝三たちにやらせようとしたのである。

殺された伊助はその一人だった。古着屋の主で勝三とは同じ年頃、気の合う間柄だった。

ただ伊助は、一人で古着屋の店を持つまでになった男で、勝三のように泣き寝入りをする男ではなかった。

自分の店が、人手に渡ることになった時に、富籤は詐欺同然の仕組みだったと言い募り、恭之助に金を返せと迫ったのである。

恭之助が、そんな申し出を聞く訳がない。

すると伊助は、お上に訴えてやると脅しをかけたのである。

「奴は仲間にできるタマじゃあねえ。後々面倒のタネだ。殺せ」

勝三は、恭之助が伊助殺しを指示するのを、ひょんなことから聞いてしまったのである。

勝三は密かに伊助を呼び出して、江戸から逃げろと強く勧めた。

それが、あの河岸でのやりとりだったというのであった。

「塙の旦那が住む長屋の大工が聞いたという関節の音は、その時のものです。伊助はその後、殺されたんです。伊助はずっと見張られていた……そういうことなら次は俺が殺される、それで逃げていたんです」

勝三の顔には、全てを告白したというほっとしたものが見受けられた。

「よく話してくれたな、勝三。今から俺と一緒に奉行所に行こう、よいな」

十四郎が言ったその時、和助が飛び込んできた。

「塙様、奴らがとうとう、おさくさんの居所をつき止めました。私を摑まえてこう言ったのです。おさくは預かった。おさくの命を助けたかったら、勝三に佐々木の屋敷まで来るように伝えろと……」

「旦那……」

勝三が、心細げな声を上げた。すると、すかさずお吟が言った。

「勝三、行ってきなさい」

「おっかさん……」

「情けない声を出すのはお止め。結城屋を潰すこと以外に、何もできなかったお前が、ようやく男になれるいい機会じゃないか。おさくを苦しめることしかできなかったお前が、はじめておさくを救ってやることができるんじゃないか」

お吟は毅然として、誘いに乗れば死を覚悟せねばならぬ危険なところに、息子を追い立てるように言った。

獅子が我が子を千尋《せんじん》の谷に落とすという、あの言い伝えにも似た、愛しいがゆえの母の苦渋が見えた。

「俺はおっかさんの子だ……」

勝三は小さく笑った。

だが顔を上げて十四郎を見た目の奥には、強く燃え上がる炎が見えた。

六

「開けろ、勝三だ」

夕闇の迫る本所の武家地に、勝三の押し殺した声がした。力強い声だった。

場所は南割下水《みなみわりげすい》という堀の北側、片側に三笠町《みかさちょう》一丁目の町屋が並ぶ佐々木恭之助の屋敷の門前である。

勝三はにわか遊び人よろしく裾をちょいと摘《つま》み上げて颯爽《さっそう》と立ち、門の開くのを待った。

しばらくすると、腕に蛇の彫り物をした政蔵がくぐり戸から顔だけ外に突き出して、

「入れ」

と顎をしゃくった。

勝三は、後ろ手で戸を閉めるふりをして、政蔵の後についていった。

「こっちだ」

政蔵は先に立って裏庭に勝三を連れていく。

いつの間にか、浅黒い男が勝三の後ろについていた。

「兄貴、勝三の野郎がめえりやしたぜ」

政蔵は庭に入ると、座敷から漏れる灯の光に向かって告げた。

すると、すらりと戸が開いて、灯の光を背負った御家人恭之助が縁側に出てきた。

恭之助は、鞘ごと刀を肩に担ぐと足を広げて立ち、勝三を見下ろした。

「恐ろしくなって逃げたのかと思ったぜ。おめえにしちゃあ上出来じゃないか」

「おさくを返してくれ」

「別れた女房がそれほど大事か……むりやり離縁させられたっていうのに、めでたい野郎だな、おめえは」

体は勝三に向けたまま、後ろ手で座敷の障子戸を、乱暴に開けた。

「おさく……」

座敷の行灯の傍に、後ろ手に縛られて手ぬぐいで猿轡《さるぐつわ》をされたおさくの姿が、目に飛び込んできた。

「ううっ……」

おさくが苦しげに身をよじった。

勝三は、息が詰まった。

おさくの着物の裾が割れ、白い腿《もも》が見えたのである。

「気の強い女だ。俺を蹴りやがった」

恭之助は笑みを漏らした。だがその目は冷たい光を放っている。

「おさくをこっちへ返してくれ。欲しいのは俺の命だろ、おさくは関係ない」

「そうはいかん。二人揃って死んでもらう」

「なに、約束が違うじゃないか」

「うるせえ……別れた夫婦が心中というのはどうだ。お前にとっちゃあ願ったりかなったりの結末だぜ」

「貴様……」

勝三は、懐から匕首を抜いた。

その時である。

「逃げて！」

猿轡を外したおさくが叫んだ。

「おさく」

「殺されるのよ、来ないで」

「いいんだ、おさく。お前への詫びの気持ちだ」

「勝三さん……」

「ふふっ、これで心残りはあるめえ……政蔵、染次《そめじ》、こいつを早く楽にしてやれ……いや待て、半殺しにしろ。息のあるまま二人一緒に大川に投げる」

恭之助は、庭にいる手下の二人に言った。

「うおぅ……」

勝三は雄叫びを上げながら、めちゃくちゃに匕首を振り回して政蔵と染次を威嚇し、二人の隙をついて縁側に飛び上がった。

勢いのまま座敷に走りこもうとしたのだが、その面前に恭之助の刃が突きつけられた。

「悪足掻《わるあが》きは止めろ」

恭之助は、いきなり勝三の肩に刀を振り下ろした。

勝三は咄嗟にこれを躱したが、躱し切れずに二の腕が切れた。

「勝三さん……」

おさくが叫んだ時、

「それまでだ。佐々木恭之助」

声は、庭にこぼれた灯の先から聞こえてきた。

塙十四郎だった。

その左腕には、政蔵が後ろ手に捩《ね》じ上げられていた。

「誰だ、お前は」

「塙十四郎、橘屋の者だ。離縁した者たちの行方を見定めるのもお役目のうち。勝三にかわって俺が相手になるぞ」

十四郎は、政蔵の腕を折ると、斬りかかってきた染次の腹に当て身をくれた。

瞬く間に手下二人は庭の闇にくずおれた。

「お、おのれ」

恭之助は恐慌をきたして、いきなり奇声を上げて庭に飛び下りてきた。

やみくもに十四郎に斬りかかる。

十四郎は難なく躱して、その刀をもぎ取ると、峰を返して恭之助の肩を打ち据えた。

「にわか武士のにわか剣術、思い知れ」

十四郎は、膝をついた恭之助を見下ろした。

「十四郎様、遅くなりました」

藤七と和助が走り込んできた。

「この者を縛り上げろ」

恭之助の刀を藤七に預けると、凝然として見詰めていた勝三に、

「勝三……」

座敷の中を目顔で指して頷いた。

「塙様……ありがとうございます」

勝三は座敷に駆け込むと、おさくの手首に巻いてある縄を切った。

「勝三さん……ありがとう」

おさくは、眩しそうな目で勝三を見た。

「俺じゃない、旦那のお陰だ」

勝三は照れくさそうに言い、

「立てるか」

おさくを抱え上げた。

だが、次の瞬間、

「うっ……」

勝三は肩を押さえて蹲《うずくま》った。

「勝三さん……」

おさくは、そこにしゃがみこむと、襦袢の袖を引きちぎった。傷口を結わえるようにしようとしたのである。

だがその袖から、紅色の組紐が転がり出た。

おさくは、その紐を手で伸ばしてみる。一尺余の紐だった。

「動いちゃ駄目よ」

おさくは手際良く袖を裂いて、勝三の傷口に巻いた。

さらにその上から組紐で肩口をしっかりと結び、止血した。

「おさく……すまねえ」

痛みを堪えながら、勝三が言った。

勝三の声は震えていた。その目は、じっとおさくの手元を捉えているが、けっしておさくの顔を、見ようとはしなかった。

おさくもまた、勝三の顔を見上げることはしなかった。

ぎこちない空気が二人を包んでいた。

だが、勝三の肩を結んだ組紐が、夜目にも鮮やかな紅色を発しているように、十四郎の目には見えた。


「おっ、やっぱり、柳庵だったのか」

十四郎は橘屋の玄関に立った時から、お登勢の部屋から聞こえてくる男とも女ともつかぬ笑い声に気がついていた。

「あら、十四郎様。お邪魔してます」

柳庵は扇子で口元を隠して、ほほほと笑うと、

「それにしても十四郎様、先日、平右衛門町の河岸地に、武家一人、町人二人が縛られて、杭に繫《つな》がれていたそうではありませんか。それも首に札がついていて、『伊助を殺しました』なんて書かれていたそうではありませんか。さっそく三人は御用となって、今は小伝馬町の牢屋に入っているようですね。今もお登勢殿に話していたところですが、十四郎様でしょ。十四郎様があの者たちをやっつけたんでしょ」

「さあ、どうかな」

「またまた……でも私、せっかく殺された伊助について、南のお役人に心付けまでして調べていたのに、なんにも知らせてくれないなんて、水臭いではありませんか」

きゅっと睨んで、

「でもまあ、事件は解決したようですし、それはそれで結構なことでございますけど……」

ぱたぱたと襟元を広げて扇ぎ、

「そうそう、勝三さんの傷ですが、大事ございませんでした。それをご報告しようと思って参ったのです」

と言う。

「十四郎様、柳庵先生の話では、勝三さんは傷が癒《い》えたら、一から出直すんだって張り切っているようですよ。結城屋のお得意先だった方が、本気でやりなおすのなら力を貸すって言ってくれたらしくって、もう一度奈良晒の店を興《おこ》してみせるって……」

「そうか、それは良かった」

「でもあの二人、どうなるのでございましょうね」

「さて、俺に聞かれてもな」

「それもそうね。だって、お二人を見ていると……」

柳庵は、十四郎を、そしてお登勢を見て、くすりと笑った。

第四話　雨の萩

一

お登勢は奥座敷の床の間に桔梗《ききょう》の花を活け、引き返そうとして足を止めた。

——白萩？

内庭に一枝揺れているではないか。

お登勢は内庭の敷居際に走りより、半開きになっていた障子戸をいっぱいに開けた。

やはり真っ白い花穂《かすい》をつけた萩だった。

つくばいの傍に細い幹が三本立ち上がっているが、花穂をつけているのは背の高い一本で、他の幹はまだ幼く、左右からつき従うように背を伸ばしている。

橋屋の庭には、赤い萩は以前から植えているが、白い萩を植えた覚えはなかった。しかも、いま咲いているのは内庭だ。

お登勢はそこに座ると、垂れた頭を風に任せて微かに揺れている萩に見入った。

――あれはいつのことだったか。

お登勢は、三ツ屋の前の隅田川の土手に白萩が生えているのを知り、十四郎に頼んで取りに行こうとしたことを思い出した。

しかし三ツ屋に向かう途中で身投げをした武家の妻女を助けたことで、白萩を手に入れることはなかったが、あれは、十四郎が橋屋の仕事を手伝ってくれるようになって間もない頃のこと……。

――そう、あの時も白萩。

その清楚な風情《ふぜい》を思い起こした時、お登勢は、胸の中に静かな不安が横たわっているのを知った。

俄かに裏庭ではしゃぐ子供の声と、十四郎の声が聞こえてきた。

「ごん太、お手は……お手」

万吉の声である。

すると、

「ごん太、お手……お手だって」

遠慮がちにごん太を促すのは、勇也《ゆうや》という武家の男子の声だった。

「勇也、向こうまでごん太と駆けてみろ。どっちが早いか競走だ」

十四郎が言っている。

この奥座敷と裏庭ではずいぶん離れているが、宿の客も引いていった昼下がりで、万吉たちの声はよく聞こえる。

勇也というのは、十四郎が時折橘屋に連れてくる六歳の男子だが、その母親というのが美樹《みき》という人だそうで、お民が言うのには、白萩のように清楚で儚《はかな》げな人らしい。

その白萩のような人は未亡人だとも聞いている。

勇也の他にも、小生意気な五歳になる初音《はつね》という女の子がいるらしいが、お民は美樹一家と十四郎が、両国をそぞろ歩いていたのを目撃していた。

いや、お民だけではない。仲居頭のおたかも、美樹と十四郎が本町の生薬屋《きぐすり》から出てきたのを見ているし、藤七も勇也を背負った十四郎が、美樹と医者の家に入っていくのを目撃していた。

美樹という女を知らないのはお登勢だけだが、皆の話から分かっているのは、美樹母子に十四郎が深くかかわっているということである。

――いつの間に……。

とお登勢は思う。

十四郎は、そんな他人の目などには無頓着《むとんちゃく》に、いつものごとく橘屋の仕事をこなしてきた。

勇也を我が子のように橘屋に連れてくるようになったのは、つい最近のことである。

そこで初めて、お登勢は自分の知らない、十四郎のもうひとつの姿を知ったのである。

お民も、おたかも、そして藤七まで、十四郎が勇也を橘屋に連れてくるまで、お登勢には何も知らせてくれなかった。

そのことだけでも、お登勢には置いてけぼりをくったような寂しさがあった。しかもその上に、美樹という人が白萩のようだと聞いて、表面では笑ってやり過ごしたものの、お登勢は女として平静ではいられなかったのである。

「あら、こんなところにいらしたのですか」

おたかが顔を出して、廊下の敷居際に膝をついた。

「何か……」

　振り返ると、どこかお具合でも悪いのですか、お顔の色がすぐれません」

「いいえ大丈夫です……何でしたか」

「飛脚便でございます。大坂の米問屋『大和屋』さんからですが、お内儀とそのお仲間が江戸見物に参りたいとおっしゃっているようです。宿の方をよろしく頼むといってきたのですが、お受けしてよろしいでしょうか」

　と聞く。

「いつのことですか」

「九月の下旬だと書いてあります。総勢五、六名だと」

「分かりました。あなたにお任せ致します」

「では、承諾のご返事をお送りします」

　膝を起こしたおたかに、

「あの、そこの萩は誰が植えたのでしょうか」

　と聞いてみた。

「あら、お登勢様もご存じなかったのですか」

「ええ、忙しさにかまけて……花をつけているのを見て知ったのです」

「私はてっきり、お登勢様が植木屋さんが手入れに入った時に植えていただいたのかと思っておりましたのに」

「そう……ありがとう」

「いえ」

おたかが頭を下げて去るのを見て、お登勢は部屋を出た。帳場に向かわずに廊下を渡って裏庭に面した座敷の廊下に立った。

万吉とごん太が、勇也と走り回っているのが見えた。

十四郎が、お登勢に気づいて近づいてきた。

「万吉のお陰で、ずいぶん勇也も元気になった」

「それはよかったこと……」

「子供はいい、昔を思い出す」

十四郎は屈託のない笑みを送ってきた。

「お登勢様」

そこへ藤七が小走りしてやってきて、膝をついた。

「たいへんなことが起こりました。金五様がいらしております」

お登勢は暗い顔をして頷いた。

十四郎は、勇也を万吉に頼んでお登勢の部屋に入った。

部屋では金五が腕を組み、険しい顔をして座っていた。

「お登勢、お俊《しゅん》という女を覚えているか」

金五は、組んでいた腕を払ってお登勢を見た。厳しい顔つきだった。

「ええ、仏具屋『勝田屋《かつた》』の女将さんだった……寺を出て離縁しましたね」

「そうだ。十四郎がここに来る少し前のことだ。そのお俊が火付けで捕まって小伝馬町の牢に入れられた」

「まあ……」

お登勢は絶句した。

「お裁きが下れば、そう遠からぬうちに晒しの上引き廻し、そして火焙《あぶ》りの刑になる」

「でも、なぜあのお俊さんが火付けなどしたのでしょうか。あのお人は、口数も少ないおとなしい人でした。火付けをするなど信じられません」

「俺だって耳を疑ったが、これは紛れもない事実だ。お裁きを待つしかあるまいが、どうやらお俊は春を売って暮らしていたらしいぞ」

「なんてことを……せっかくお寺で修行までして離縁できたものを……」

「離縁して、暮らしに困っていたというのだが……」

「では、離縁したことは間違いだったと……そういうことでしょうか」

「お登勢、そう簡単に決めつけるな。離縁してから二年の歳月が経っている。俺たちの手の届かぬ月日がな」

お登勢は言葉を呑んだ。

「金五」

黙って聞いていた十四郎が口を開いた。

「そのお俊という女、離縁を望んだわけは何だったのだ。聞かせてくれ」

「嫁姑の問題だな。亭主が女をつくったこともあったのだろうが、もともとの原因は姑との仲だ。ここに駆け込んできた時には、心労がたたってがりがりに痩せておった。亭主は七之介《しちのすけ》という男だったが、これが母親べったりで、母親の言うことを真に受けて女房を折檻《せっかん》する。日々その繰り返しで、家を飛び出してここに来たのだ。姑はおたつといったと思うが、世間体ばかり気にする女で、嫁がここに駆け込んできたと知ると意固地《いこじ》になって、離縁などさせるものかと言う。それで寺入りさせて離縁となったのだ」

「お俊の実家は、この御府内か」

「そうだが、ここに来た時にはすでに両親は亡くなっていた。お俊の実家は数珠屋だったのだが、お俊が嫁入りした後、店は潰れていた。それもあって苛《いじ》められたのだろうと思うのだが……」

「近藤様、お俊さんには妹さんが一人いた筈ですが……」

「その妹が言ったらしいのだ。姉がこんなことになったのは、離縁などしたからだと……その気がなかった姉を焚《た》きつけて別れさせたからだとな。つまり、余計なことをした俺やお登勢を恨んでいると……まあ、姉を助けたい一心で言ったのだろうが、やりきれん話だ。寺を出た者がこんな大罪に手を染めるなど前代未聞のことだからな」

「……」

お登勢はふらりと立ち上がった。

これまで見たこともない放心したような顔つきで、部屋を出ていった。

「お登勢……」

金五が立ち上がるが、

「近藤様」

藤七は、痛ましげな顔で首を横に振り、

「お登勢様にとっても、このようなことは初めてです。どうかしばらくこのままで……」

金五を制した。金五は腰を落として溜め息を吐き、

「まさか、もうこの仕事は嫌だなどと言わないだろうな。いや、無理もない。俺だって釈然とせぬ、憤慨しておる」

また腕を組み、十四郎を見た。

金五の顔にも、動揺の色がみえる。

十四郎も返す言葉を失った。

「失礼します」

しばらくして、茶を取り替えにきたお民が言った。

「お登勢様はご自分のお部屋に籠《こ》もっておられます」

それから半刻あまり、十四郎たちは子供たちのはしゃぐ声を耳朶に捉えながら、お民が運んできた茶をすすって座っていた。

やがて宿に客の声が飛び交うようになり、その応接に藤七も座を外した頃、お

登勢が青い顔をして現れた。

「お登勢、大事ないか」

金五が労るように言い、見迎えた。

「近藤様、十四郎様、今夜はお付き合い願えませんか。今日はなぜか、なにもかも忘れるほど呑んでみたいのです」

お登勢は、思いがけないことを言った。

「おいおい、お登勢……大丈夫なのか」

「橘屋の主がこれではお恥ずかしい次第ですが、今日だけはお願いします」

「そうか……そうだな、よし、いいとも、俺は付き合うぞ。十四郎、お前もいいな」

金五は有無を言わさぬ顔で、十四郎に言った。

「うむ、それはいいのだが、まもなく日も暮れる。俺はあの子を送り届けねばならぬ」

「何……そんなことは藤七にでも頼めば済むことではないか」

「そうもいかぬ。俺が責任をもって預かってきているのだ」

十四郎は、申し訳なさそうに言った。二人の気持ちを考えると、付き合いたいのは山々だったが、美樹から勇也を預かった時、必ず自分が届けるから安心しなさい。男の子は外で遊ばせた方がいい、などと言っていたのである。

「おぬし、あの子供と、お登勢と、どっちが大事なんだ」

金五が気色《けしき》ばんだ。

「そういう問題ではない」

「だったら何が問題なのだ。こんな時にその態度はなんだ、冷たいではないか。大体お前は、あの子をだしにして、美樹とかいう女を口説こうという魂胆《こんたん》なんだろう。さもしいぞ」

金五は怒りをぶつけるように言った。

「近藤様、いいのです。近藤様がお付き合い下さるのなら、わたくしはそれで……」

お登勢は寂しげな笑みをみせた。

「すまぬな、お登勢殿……」

十四郎は立ち上がると、逃げるように廊下に出た。

「勇也、帰るぞ」

裏庭に面した廊下を渡りながら、勇也を呼んでいる十四郎の声が金五とお登勢の耳に聞こえてきた。

「なんだあいつは……まるであの子の父親気取りではないか」

「近藤様……」

「お登勢、甘い顔をしてはいかんぞ。あいつが連れてくる子の母親は、長屋でも評判の美人だというぞ」

「わたくし、支度してまいります」

お登勢は逃げるように部屋を出ていった。

「近藤様……」

お民が敷居際で金五を呼んだ。お民はお登勢が奥の座敷に入るのを見届けると、そっと金五の傍に歩み寄ってきて座った。

「近藤様、十四郎様は美樹さんという方をお嫁さんにするのでしょうか」

悲しげな顔で聞く。

「知らぬ。あんな奴は放っておけ」

「だって、お登勢様がお可哀相ですもの……何にもおっしゃいませんが、十四郎様はあの子をまるで我が子のように可愛がっていらっしゃいます。どういう了見なんでしょうか」

お民にとってお登勢は主であり、手習いの師匠でもあり、また姉のような存在でもある。

だからこそ、十四郎の身辺が様変わりしていたことも、お登勢には黙っていた。お登勢を傷つけたくなかったのである。

それを、十四郎は逆撫《さかな》でするように、悪びれた様子もなく勇也を橋屋に連れてくるようになった。

なんでも勇也が犬を飼いたいと母親の美樹にだだをこねたらしいのだが、長屋では犬が飼えない。

それならごん太と遊ばせてやろうと橋屋に連れてきているようなのだが、お民からみれば、お登勢をないがしろにした行為に見える。

「案ずるな。いざという時には、俺ががつんと言ってやるから……あ奴の目を醒まさせてやる」

お民に含めるように言った。

しかし、お民の杞憂《きゆう》だけではない、金五にしたって、今日のような十四郎を見ているとこの先が案じられる、放ってはおけぬと考えていた。

二

その夜、お登勢は金五を相手に深酒をした。胸のわだかまりを洗い落とすかのような気迫の酒で、さすがの金五もたじたじだった。

だが、一夜明けたその翌日には、お登勢は差し入れの重箱を抱えて小伝馬町の牢屋に出向いていた。

お俊に面会して、事の次第を聞きたいと思ったのである。

寺入りして離縁した女が、火付けという大罪を犯すなど、すくなくともお登勢が知るかぎり、橘屋が御用を賜って初めてのことだった。

離縁が女の行方に新しい光をもたらすと思えばこそ、金五にしろお登勢にしろ、どう転んでも人の傷口に触れねばならないこの仕事から離れられずにいる。

だがどこかに、仲裁に立った自分たちに間違いがあったのかもしれない……そう思うと、今後の慶光寺のありようを考える上でも、聞くべきことは聞いておかねばならないと考えたのだ。

それがたとえ、どんなに我が身を苦しめることであったとしても、しかも、そのために今後橋屋が御用を辞退するようになったとしても、お俊のことだけは避けては通れぬとお登勢は思った。

通常牢屋に入った者の面会は許されてはいないらしい。

だが、例外がないわけではないだろうと、金五は早朝に北町奉行所に赴いて、お俊との面会が果たせるように与力の松波孫一郎に頼んできた。

案の定、お登勢が牢屋敷内の同心詰所を訪れると、すぐに鍵役《かぎやく》の安藤忠之助《あんどうただのすけ》という同心が応対に出てきた。

小伝馬町の役人の筆頭は、この鍵役同心がそれで、後は牢内の囚人たちを管理監督する同心たちがその下にいる。

ここの同心には、囚人を問責したり調べたりする権限はなく、調べは奉行所の吟味方与力の役目だからして、松波の口添えは有無をいわさぬものがある筈だった。

安藤は、お登勢の挨拶を受けるとすぐに、

「松波様からお聞きしております。橋屋のお登勢殿でございますな」

そう言って詰所の座敷に上がれと勧めた。

お登勢が座敷に上がって差し入れの重箱を安藤の膝前に置くと、安藤は風呂敷

を解き重箱の蓋をとって中を改め、再び蓋をして、

「承知しました、それでは暫時《ざんじ》……ただ、お俊の気持ちも聞いてやらなければなりませんので」

そう告げると同心詰所を出て牢屋に向かったが、まもなく渋い顔をして引き返してきた。

安藤の腕には、お登勢が差し入れた重箱の包みが抱えられていた。

それを見たお登勢は、暗澹《あんたん》たる思いで安藤の言葉を待った。

「まずは、この差し入れをお返し致します」

安藤は、すいとお登勢の膝前に包みを滑らせてきた。

「わたくしの差し入れは、受け取れないと、そう言ったのですね」

「気にされることはありません。罪を犯した者は、通常の心の状態ではありません。親しい者たちと会うのを極端に嫌うのも珍しいことではないのです」

「では、面会も嫌だと……」

「はい。会いたくないと言っております」

「……」

「お俊はおおむね火付けを認めたようですから、牢屋暮らしも長くはないと思い

ますが、お登勢殿のお気持ちは、後で私が伝えておきます」

「安藤様……お俊さんはどんな暮らしをしていたのでしょうか。分かっていることだけでも教えていただけませんか」

「我々が直接調べるわけではないのですが、聞いた話では、離縁をした後、さる呉服問屋の主の囲い者になっていたようです。ところがどうやらその人物から病気をうつされたらしいのです。そして追い出された」

「………」

「いや、お話ししにくい内容ですが、ご勘弁下さい」

「いいのです。ありのままをお教え下さい」

「それからというものは、ご多分に漏れず転落をしていったようなのですが、火付けをした時には、海辺大工町《うみべだいくちょう》の裏店に男を引っ張りこんで暮らしの糧《かて》にしていたようです」

「火付けはどなたのお家にしたのでしょうか」

「件《くだん》の呉服問屋の寮が向島《むこうじま》にあるのだそうですが、そこの納屋に火を付けています」

「納屋に……」

「そうです。家屋に付けずに納屋に付けたのです。躊躇いがあったのかもしれません。お陰で家屋への飛び火は軽くてすみましたが、いずれにしても、その男への恨みだったと思われます」

お登勢には、お俊が絶望の淵で喘《あえ》いでいる姿が目に見えるようだった。

なぜ寺を出たあと、呉服問屋の男の囲い者になったのか……それが今日を迎えることになったきっかけだったと思えるが、理由はどうあれ火付けは火付けである。

重い足取りで同心詰所を出てきたお登勢は、石畳の上に立ちこちらを睨み据えている女と目が合った。

「あなたは……お俊さんの妹さんですね」

震える声でお登勢は尋ねた。

お登勢は、お俊の妹お光《みつ》と、神田堀の土手の上に立った。

あたりは穂の伸び切ったすすきで覆われていて、すぐ後ろには小伝馬町の塀と甍《いらか》が見える場所だった。

先に立って歩いていたのはお光だったが、土手に上ると、くるりとお登勢を見

迎えて、

「橘屋さんには、姉がこうなった責任を考えてほしいものです」

斬りつけるように、いきなり言った。

「お光さん、お気持ちは分からないわけではありませんが、お俊さんは離縁が叶った時、これでやり直せますとほっとしておりました」

お登勢はやんわりと言った。

だが吹きつける風が、お光の容赦のない気迫のように感じられた。

お登勢は、その風に立ち向かうように話を続けた。

「わたくし、離縁を手助けしたという責任を逃れるために言っているのではありませんが、あの時点でお俊さんを救う方法が他にあったでしょうか」

「勝田屋で辛抱するように、そう諭してくれれば良かったのです」

「お光さん……あなた、お姉さんがあの家で、どんな目に遭っていたのか知っていますか」

「知っています。姉からは散々聞かされておりました。夫婦がうまくいかなくなった原因は、お姑さんにあったんです。でも、年寄りはいずれ先に亡くなります。事実、勝田屋のお姑さんは昨年亡くなっております」

「……」

「あの時、あと三年辛抱するように言って下さったら、姉さんはお金を得るために、男に春を売ることもなかったでしょう。嫌なことがあっても暮らしに困ることはなかったのです」

「お光さん、その三年が、いえ、一年、半年も辛抱できないから、橘屋に駆け込んでくるのですよ」

お光は、ふんと笑ってみせると、

「姉さんがなぜ、呉服問屋の旦那さんのお妾になったのか、それはひとえに安楽な暮らしを取り戻したかったからです。そりゃあ、別れたいと思い込んだその時には、離縁さえすれば、その先の苦労など婚家での苦労に比べればいい、なんとしてでも生きていける、そんな風に思ったんでしょうが、この世の中、姉さん程度の覚悟では生きてはいけませんよ」

「お光さん……」

お登勢はいきなり、頭を鈍器で殴られたような思いにとらわれた。

姉さん程度の覚悟では、この世の中は生きてはいけない。

お光の言葉は、お登勢には重かった。

けっしてそのことは考えていないわけではない。だが、離縁した後の女の覚悟を敢然と言い切ったお光の言葉には一理ある。

離縁した女が直面するのは、まず暮らしのことである。

実家が富裕な者、しっかりした後ろ盾がいる者、そして手に職のある者ならば、その心配はいらぬことだが、多くの女が明日からどうやって暮らしていくのか、それが先決となる。

お登勢は、そういった問題を少しでも解消できるように、三ツ屋という茶屋をつくり、離縁はしたが生計の目途のたたない女たちに働く場所を提供してきた。

それでも、救われるのは一握りで、後の多くの女たちのその後の暮らし向きまで心配してやれる余裕は橘屋にはないのである。

お俊の場合は、寺を出た時に、三ツ屋で働いてみないかとお登勢は強く勧めている。

だがお俊は、お登勢の誘いを断った。

何とかひとりでやっていきます……そう言ったお俊の言葉を鵜呑みにしたわけではなかったが、お俊の深い覚悟に任せようと、その時お登勢は思ったのである。

だが、考えてみれば、お俊はもともと数珠屋の娘で、額に汗して働いたことなどなかったに違いない。

そのお俊が三ツ屋で働かなくてもなんとかなると考えていたのなら、お光の言う通り世の中を甘くみていたということになる。

一人で生きていくという現実に直面した時、数か月は耐えられても長くは続かず、のっぴきならないまま妾という道を選んだのだろうとお登勢は考える。

離縁したあとの責は橘屋にあるわけではない。

だが、お光が言うように、離縁に手を貸しておきながら、その後の暮らしが成り立つものかどうかの判断に甘さがあったと言われれば、返す言葉もないのであった。

お光は、厳しい言葉を続けた。

「姉さんは離縁するべきではなかったのです。いまさらですが、お登勢様、あなたには責任を感じていただきたいものです」

「責任を……」

「そうです」

「どうすればよかったとおっしゃるのでしょうか」

お登勢は途方に暮れる目を向けた。

「ご自分でお考えになったらいかがですか。もっとも、女だてらに寺宿の御用を賜り、立派に世渡りなさっているお登勢様には、身ひとつの暮らしさえできなかった女の気持ちなど分かりようもないでしょうが……でも、忘れないで下さいな。離縁したばっかりに、より不幸な道に堕ちた女のいたことを……」

お光は、憎しみに満ちた目でお登勢を睨むと、くるりと背を向けて去っていった。

お登勢は、お光の姿を呆然として見送った。前に踏み出す力も失せたようにそこに佇《たたず》み、すすきが風になびくのを眺めるでもなく眺めていた。

——わたくしのしてきたことは、何だったのか。

お登勢は、冬枯れの荒野にただ一人、立ち尽くしているような錯覚にとらわれていた。

——十四郎様……。

ふっとお登勢はその荒野に十四郎の姿をもとめていた。

だが、それもほんのひととき、もはや十四郎は自分の手の届かぬ遠い人になったのだと思った時、お登勢は言いようのない深い孤独の淵に立たされているのを知った。

三

「こちらがお麩《ふ》のわさび和え、そしてこちらが、里芋、ごぼう、しいたけとこんにゃくの煮染《にしめ》でございます。こちらはひらめの一夜干し、豆腐汁に香の物と、茶飯でございます。ご注文のお品は以上でございましたね」

元町《もとまち》の茶漬屋『里美《さとみ》』の女中は、膳に並べられた料理をひととおり十四郎と美樹に説明すると、

「それと、お銚子のおかわりがございましたら、ご新造《しんぞう》様、お声をかけて下さいませ……では」

笑みを送って廊下に消えた。

美樹はご新造様と言われて、申し訳なさそうな顔をして、ちらと十四郎に視線を投げた。

こぢんまりした茶漬屋の二階の小座敷である。

開け放たれた窓の外は竪川《たてかわ》で、時折、舟を操る船頭の声が聞こえてくる他は、

しごく静かで、忍び込んでくる風も爽やかだった。

「このようなご馳走は久しぶりです。お気遣い申し訳ありません」

美樹は、濡れたような黒い瞳を向けた。

「礼には及ばぬ。それほど大した店ではないのだ。それより、話は後で聞こう。まずは目の前のものを片づけよう」

十四郎はそう言うと、銚子を取った。

「あの、わたくしが……」

美樹はすかさず、その銚子を横取りすると、十四郎に盃を取るように微笑を送ってきた。

「ではこの一杯だけ……後は勝手にやるから食べなさい」

十四郎は盃を持った。

白い手で、美樹は息を詰めて酒を注いだ。

長い睫《まつげ》が、恥じらうように瞬きをする。

十四郎も、平静を装ってはいるものの、いささか胸の奥には心躍るものがある。

むろんそれは、目の前に座っている美樹のせいだった。

三日にあげず十四郎は、美樹親子の住む藍染川《あいぞめがわ》近くの白壁町《しらかべちょう》の裏長屋を訪ねている。

勇也が重いぜんそく持ちで、その体を鍛えるために外に連れ出しているのだが、ある時は橋屋のごん太のところに、ある時は柳原土手で遊ばせるためにと、けっこう忙しい。

時には本町の医者にも連れていってやるのだが、十四郎のそうした努力が実ってか、ちかごろでは随分よくなったと美樹も医者も言っている。

美樹は針子の仕事で暮らしをたてていて、なかなか子供のそういったところまでは手が回らず、今では勇也のことは十四郎の手にゆだねている。

お陰で十四郎は、お登勢から誘われた酒を断っている。お登勢の苦悩を知りながら、こうして美樹を茶漬屋に誘って夕食を共にしている後ろめたさはあるにはあるのだが、

「十四郎様、お話ししたいことがあります。聞いていただきたいことがあるのです」

思い詰めた顔をして美樹に言われては、放ってはおけなかったのである。

何かのっぴきならない事情が美樹の身の上に生まれたものと思われた。

それではと、子供たち二人を長屋の者に頼み、こうしてこの茶漬屋里美に誘っ

たのである。

「頂きます」

美樹は嬉しそうに料理に箸をつけた。

形の良い口に料理を運ぶ美樹を見ながら、十四郎の胸には一抹の不安が忍び込んでいる。

それは、昨日のこと、勇也を長屋に送り届けた時に、見知らぬ老女が美樹の家から出てきたのを目にしていたからである。

針子の内職は呉服屋『鹿嶋《かしま》屋』の手代で豊吉《とよきち》という男が届けてくれている。その老女が美樹の内職に関係のある者ではないことは明らかだった。

どことなく老獪《ろうかい》な感じがする、普通の老女ではなかった。

「それでは明後日の夕刻に……よろしいですね」

確か老女は、美樹の家を出てくる時に、そんな念押しの言葉を言ったように聞こえたが、縞《しま》の着物を着崩して忙しく帰っていったその老女の後ろ姿に、十四郎は妙な違和感を抱いたのだった。

「美味しい……」

美樹は呟いた。

「よかったら俺の分も食べなさい。俺は酒があればいい」

「いいえ……」

美樹は言い、顔を上げた。

双眸《そうぼう》がみるみる涙で膨れ上がった。

「うれしくて……暮らしていくのが精一杯でございましたから」

「こんなところでよければ、また参ろう。そうだ、今度は二人のお子も一緒にな」

「……」

「今日は帰りに寿司でも買って帰ってやろう」

十四郎は見栄《みえ》を張った。

美樹は、激しく瞬きをして、涙を押し込むと、

「十四郎様、わたくしもお酒を頂戴してもよろしいでしょうか」

と言う。

十四郎は、黙って頷いた。

美樹は膳に伏せてあった盃をとり、十四郎に注いでもらうと一気に呷った。そしてことりと盃を膳に置き、

「わたくし、明日から別の女になります」

感情を殺した言い方だった。だがその目に必死なものが籠もっている。

「どういう意味だね、別の女とは……まさか、あの老女となにか関係があるということかな」

美樹はふっと笑ってみせると、

「とにかくわたくし、このまま十四郎様にお世話をおかけすることはできませんもの……」

「そんなことは気にするなと言っているではないか。俺はそなたのご亭主に、そなたを頼むと」

「申し訳なく思っております。だって……」

美樹は訴えるような視線を送ってきた。

十四郎には、美樹が何を言いたいか分かっている。分かっていてそれに応えてやることができないのである。

「何を考えているのか知らぬが、お子たちのため、それを第一に考えて暮らしてほしい」

美樹は黙った。喉元まで出かかった言葉を呑み込むような顔をして俯いた。

その頃お登勢は、三ツ屋の小座敷で、金五と松波を迎えて座についた。

二人の表情には厳しいものが見え、お登勢は覚悟の顔で見返した。

「お登勢、松波さんの話では、お俊の刑の執行が決まったようだ」

金五が重い口を開く。

「いつ……」

お登勢は金五の言葉を受けて、松波の方を見た。

「確かな日時は後ほどお知らせしますが、火付けの刑はもっとも重い。市中引き廻しのうえ、刑場にて火焙りの刑に処せられます」

「……」

「お俊を吟味した者から聞いた話では、最初からお俊は神妙な態度で、覚悟をしていたようにすらすらと犯行を述べたそうです。それによると、お俊が生きていく希望を失ったのは、例の呉服問屋の主から、まるでごみのように捨てられたことが原因だったようです」

「生きていく希望を失った……わたくしはずっと考えておりました。お俊さんが離縁しなかったらどうなっていたのだろうと……お俊さんの妹さんが言うように不満や憤りを持ちながらも、なんとか暮らしていたのではないかと思えてなりません。そうだとしたら、お俊さんが付け火をするまでに追い詰めた責任は、わたくしにもあるのではないかと……」

「お登勢、それを言っても詮無《せんな》いことだ。俺たちもよかれと思って手を貸したこと、当時の判断に間違いはなかったのだ」

「でも、小伝馬町の牢屋敷を訪ねた時、面会どころか届け物も受けとってはくれませんでした。お俊さんは橋屋に、いえ、このわたくしに、恨みを持ったまま処刑されるのです」

「お登勢殿、お俊はお調べの中で、一度も橋屋やあなたへの恨みなど口に出してはいないそうです。仮にお登勢殿が考えている通りだったとしても、そんな理屈がまかり通る筈がない。そんなことを言っていたら、この世の中は火付けや盗賊ばかりとなります」

「お登勢、俺だってお俊が火付けをしたなどと、いまだに信じられん。俺だって衝撃を受けた。だからそなたの気持ちも分からないわけではないが、近頃のお登勢はどうかしているぞ。しっかりしてくれ。お登勢あっての橋屋だということを忘れるな」

金五は慰めるように言い、松波と帰っていった。

お登勢はしばらく、座敷に座り続けていたが、ふいに立ち上がった。

「お松さん、出かけてきます。後をよろしくお願いします」

お登勢は三ツ屋の帳場を任せてあるお松に告げると、店の外に出た。

夕暮れはすでに店のまわりを覆い始めていて、顔を上げると西の空に僅かな茜色を残すばかりとなっていた。

お登勢は小走りするようにして、海辺大工町のお俊が住んでいた裏長屋に向かった。

お登勢の頭の中では、少しおっとり気味の、丸顔のお俊の姿しか浮かばないのである。

婚家で苦労をしていたとはいえ、もともとの育ちは数珠屋の娘で、贅沢はしなくても何不自由ない暮らしをしてきた人である。

目鼻立ちは美人というのではないが、目も鼻も口も、品よくおさまっていておとなしい感じがしていた。

実際橘屋に駆け込んできた時、この女のどこに、そんな気力があるのかと驚いたぐらいであった。

それが、火付けをしたという。

半ば狐につままれたような思いがあったのだが、お俊が住んでいた長屋の路地に入って、お登勢は思わず立ち竦んだ。

長屋は老朽化がひどく、路地には溝《どぶ》の臭いが漂っていた。

「どなた?」

お登勢の気配に気づいたのか、手前の家から女が出てきて近づいてきた。

すでに陽は落ちて、路地を照らすのは弱い月の光と、長屋の障子に映る赤茶けた灯の色ばかり、お登勢は近づいてきた女の顔を見て、驚いて見直した。

女は厚い化粧を施していた。

この長屋が、尋常ではない者たちの住まいだということは、それで分かった。

お登勢がお俊の知り合いの者で、どのような暮らしぶりだったのか見届けてやりたくて来たのだと告げると、

「そんな優しい気持ちでお俊ちゃんを訪ねてきてくれたのは、女将さんだけですよ」

女はそう言うと、何軒か先の家に案内してくれた。

戸を開けると、暗闇にかすかに化粧の匂いが漂っていた。

女が素早く行灯に灯を入れて、

「大家がさ、近々この家の中のものは皆持ち出すのだと言っていたから、ちょうど良かったよ。見てあげておくれな、あの子の暮らしを……なんにもない家だろ」

女は見渡して、自嘲したような笑みを漏らした。

台所には小さな鍋釜が洗って伏せてあったが、けばだった畳の部屋に枕屏風が立ててあり、そこに朱の色の襦袢がほうり投げたかのように掛けてあった。その屏風のむこう側に、薄い布団が無造作に畳んであり、壁際に素麺箱が一つあった。覗くと、雑多な物がほうり込んであった。

家具と呼べる物は一つもなく、着物すら一枚もなかった。

慶光寺での修行の折には、お俊は一通り上物の着物も持っていたから、それもすっかり手放したということなのか。

お登勢は、一通り見渡して、呆然とした。

「あんたはいい人らしいから言うけどさ、ここにお俊ちゃんを訪ねてきてくれたのは、女将さんだけさ」

「妹さんがいたでしょう」

「らしいね。だけど、その妹さん、お光といったっけ……結構なお店の女将さんに収まっていて、姉さんのお俊さんを疫病神みたいに思っているらしくって、頼ってこられたら世間体が悪いって。もっとも母親が違ったっていうから、そんなものかと思ったけど、冷たいよ……お俊さんは笑っていたけど、あたしゃ他人事ながら頭にきたんだから……」

「……」

「遠い親戚もいるって聞いたけど、誰一人こなかった。ひどいじゃないか」

「お俊さん、あなたに何か言ってはいませんでしたか」

「いいえ、何も」

「そう……」

「言ってもしょうがないでしょ。生きてくの、もうめんどくさくなったんだろ」

「……」

「じゃ、私はこれで……すまないけど、灯の始末、頼みましたよ」

女はそう言うと、外に出ていった。

お登勢は、もう一度見渡した。

——お俊さん、どうして橘屋を頼ってきてくれなかったの。なんとか手助けできたでしょうに……。

部屋の中に一人になると、孤独と、貧しさと、人の裏切りと、お俊が直面していた苦しみがお登勢の胸に迫ってくる。

「お俊さん……」

お登勢も今、いままでにない苦悩の中にいる。

しかしお俊のそれに比べれば……お俊の心中を考えた時、お登勢の胸はきりきりと痛む。

——せめてお俊を、孤独のままに逝《い》かせてはならない。

お登勢は、跪《ひざまず》いて泣いた。

その背を、戸口に立って見詰める者がいた。

下げた提灯の明かりの中に、藤七の心配げな顔があった。

四

美樹が長屋を出てきたその顔を見て、十四郎は思わず声を上げそうになった。

美樹は十四郎が見たこともない濃い化粧を施していた。

「じゃあ、急いで下さいな」

件の老女に連れられて、美樹はどこかへ出かけていく模様であった。

美樹を案内するその女は、十四郎の調べでは名をおたよといい、女に限っての口入れをもっぱらにしている者だった。

ただし、ただの口入れでは物足りないのか、近頃では上等な客に上等な女を斡《あっ》旋《せん》する、いわば高級な淫売《いんばい》を仕切っているという噂があった。

その実態は摑めなかったが、この目で見届けたおたよの周辺からは、その噂がただの噂ではないことが窺《うかが》い知れた。

おたよは、二人の子をいずこかに預けるように美樹を説き伏せたとみえ、美樹は化粧をする前に、子供二人をどこかに預けてきた。

長屋の連中にではなく、外の知り合いに預けてきたのである。

十四郎は、二人の後から見え隠れしながらついていった。

白壁町の長屋を出ると、藍染川に沿って西に歩き、神田鍛冶町《かじちょう》の大通りに出ると今川橋《いまがわ》を渡り、今度は神田堀に沿って、本銀町《ほんしろがねちょう》に入り、『御入歯所、御歯みがき所』と書かれた看板の隣にある古本貸本屋の二階屋の中に入った。

——おやっ。

意外な場所に立ち寄ったものだと訝《いぶか》しんで見張っていると、しばらくして一人の恰幅《かっぷく》のよい頭巾を被った武家が、急ぎ足でやってきて中に入った。

この武家も、思った通り出てこなかった。

それとなく戸口前を歩いて店の中を窺ってみたが、やはり、美樹の姿も武家の姿も見えなかった。

もはや否定し難い光景が、店の奥のどこかで繰り広げられていることは明らかだった。

予測していたとはいえ、十四郎の心は暗澹《あんたん》たる思いにとらわれた。

凝然として古本貸本の店の前に佇んだ。

なぜか、蟬の声までも違って聞こえてくる。雨を誘うような割れた声だった。

気がつくと、陽は雲に覆われて、むうんとした熱気だけが地上に滞っている。

その重たい空気が、いっそう十四郎の気分を憂鬱にさせた。

店の中に飛び込んでいって、美樹を強引に連れ戻すべきか、十四郎は迷った。

かつて、藩の改易で別れた許嫁《いいなずけ》の雪乃《ゆきの》が、深川で春を売り、敵《かたき》持ちの夫の待つ長屋に帰る道すがら、永代橋の西袂の箱看板の明かりのもとで、厚い化粧を落としていたのを見た時の十四郎の驚きは、まだまざまざと記憶にある。

十四郎が加勢して無事敵は討ったが、雪乃はそれを見届けた後に自害した。雪乃の死を知らされた時、昔の許嫁に恥ずかしい身の果てを知られたからではないかという思いが十四郎にはあった。

再びあのような光景を見る勇気が、十四郎にはなかった。

十四郎は本屋の前を離れて、神田堀の土手に立った。

ふと、薄暮に包まれた土手の一角に、川風を受けて萩の花が揺れているのに気づいた。

たおやかにしなだれては体を起こすその萩の姿態《したい》を、十四郎はしばらくじっと見詰めていたが、土手の草々が体に溜めた熱と匂いを一気に放出していると気づいた時、十四郎もしっとりと肩の濡れているのを知った。

俄かに雨が降ってきたようだった。

やがて雨は音を立てて落ちてきた。

その雨に萩穂が抵抗するように揺れた時、十四郎は踵を返して急いで土手を下りた。

本屋の前まで来て、二階屋を睨んで立った。

雨は容赦なく十四郎に降り注ぐ。

すると、ふいに本屋から雨の中に飛び出してきた者がいる。

美樹だった。

「美樹殿」

十四郎の声に、美樹は信じられないものを見るように立ち尽くした。

――美樹は無事だったのだ。

十四郎は、ほっとして美樹に近づくと、雨に濡れるがままに立ち尽くす美樹の肩に手をかけた。

「十四郎様」

美樹が十四郎の胸に飛び込んできた。


翌日、十四郎は目覚めるとすぐに美樹の長屋に赴いた。

昨夜美樹を長屋に送ったものの、家に入るなり激しく泣き崩れたまま、十四郎のいっさいの問いを拒んだ美樹のことが気がかりだった。

自身も雨でずぶ濡れになっていた十四郎は、一刻も早く濡れた着物を脱ぎ捨てて温かい白湯《さゆ》でも飲むように美樹に勧め、自身は米沢町の長屋に引き上げてきたのである。

あの時、美樹の体は冷え、小刻みに震えていた。美樹が病の床に臥すと、二人の幼い子の行く末が案じられる。それも気がかりのひとつであった。

はたして、美樹は床の中で熱い息を吐きながら眠っていたのである。

「美樹殿……」

十四郎は美樹の枕元に、静かに座った。

金盥《かなだらい》に水が張ってあり、手ぬぐいが浸してあった。

勇也が診てもらっている医者の調合した薬も置いてある。

誰か長屋の者が、美樹の体の異変を知って、手当てをしてくれたものと見える。

十四郎は、美樹の額に手を置いた。

案じられるほどの熱もなく、置いた手を引こうとしたその時、美樹の白い手が伸びて、十四郎の手を握った。

湿ったような熱っぽい手をしていた。

美樹は、そうしたまま濡れたような目で見上げてきた。

「美樹殿……」

「十四郎様……わたくしは、別の女にはなれませんでした」

「うむ」

十四郎は、痛ましい思いで美樹の手を握り返した。

「そなたは、別の女などになれる筈がない。亡くなった伊三郎《いさぶろう》殿も言っておった」

「あの人が……」

「うむ……伊三郎殿は言っていたぞ。美樹は俺と違って操《みさお》を曲げることなどできぬ人間だとな。伊三郎は自分の身を恥じていたに違いない」

十四郎は、美樹の手を薄い掛け物の下に戻した。だが美樹は、引き抜こうとした十四郎の手を再びたぐりよせると、

「昨夕、あの二階屋でふっと詮無いことを考えました」

美樹は十四郎の視線を避けるようにして言った。

「詮無いこと……」

「ええ、目の前のお武家が、せめて十四郎様だったらと……」

美樹の声は震えていた。

それは、熱に浮かされてのうわ言のように聞こえたが、今ここで十四郎の手を離したくない。たとえはしたない女だと思われてもいい。そんな切実な思いが細い指先に込められていた。

「しかし、そなたは、思いとどまった。それでいい……」

十四郎はそれだけ言って、その手をもう一度握り締めてやった。

美樹はそれで手を離した。

ふっと二人の間の緊張がほぐれた時、十四郎はふと部屋の隅に『鹿嶋屋』と屋号の入った風呂敷のあるのに気がついた。

――そうか、美樹の看病は、鹿嶋屋の手代の豊吉がしてくれたのかもしれぬ。

十四郎の脳裏に、端整な顔立ちの律義な豊吉の姿が浮かんだ。

その時である。

「母上」

戸の開く音がして、勇也が飛び込んできた。

振り返ると、戸口に鹿嶋屋の手代豊吉が、初音の手を引いて立っていた。

「豊吉」

「これは塙様」

豊吉は身動《みじろ》ぎもせず突っ立っていたが、我に返って、

「さあ、お母上のところにいらっしゃい」

初音の背に手を添えて言い、

「塙様がおいでなら安心です。私はこれで……」

豊吉は頭を下げると、中には入らずに踵を返した。

「待ってくれ、豊吉」

十四郎は美樹に頷くと、豊吉の後を追った。

「おい、待ってくれ」

木戸口を出たところで、十四郎は豊吉の肩を摑んで呼び止めた。

だが、くるりと向いた豊吉の目に、挑むような光が宿っているのを見て、十四郎は息を呑んだ。

「豊吉、お前が美樹殿の看病をしてくれたのか」

「はい、急ぎの仕事がございましたので訪ねて参りましたら、美樹様は台所で震えていらっしゃいました。熱があるようでしたので、すぐにお医者に往診していただきました。思ったよりひどい状態で、昨夜は付き添いました、知らぬ顔などできませんでしたので……」

「いや、世話になった」

「お礼などいりません。私にとって美樹様は、ずっと前から憧れのひとでございましたから」

「豊吉……」

「塙様、私が鹿嶋屋のお針の仕事を美樹様にお願い致しておりますのは、美樹様の腕の確かさもございますが、お二人のお子を抱えての暮らしの足しになればという気持ちがあるのでございます。しかし、ご存じの通り、勇也ぼっちゃまはあの通りお体が弱くていらっしゃる。美樹様ご自身もお体が丈夫な方ではございません。いくら頑張っても限界がございます。この先のことを考えますと美樹様の不安はたいへんなものかと考えます」

「……」

「塙様、もうはっきりとお心を決めていただけないものでしょうか」

「豊吉」

「何を申し上げているのかお分かりでございますね」

「美樹殿のことを言っておるのか」

「はい……塙様がお心を決めていただければ美樹様もご自身の今後の暮らしを決めることができるのではないかと存じます。今のままでは、美樹様がお可哀相です」

豊吉は、真っ直ぐな目でじっと見てきた。

五

「十四郎、俺がなぜ、お前を呼び出したか、分かっているな」

金五は三ツ屋の二階の小座敷に座るなり言った。

「お前が例の女にうつつを抜かしている間に、お登勢はたいへんな目に遭っている。知っているか」

じろりと掬《すく》いあげるような目を向ける。憤りを胸に抑えている顔だった。

「うむ……お俊のことか」

「そうだ。お俊の刑の執行は近いうちにあると思われる。寺で修行をした女が罪を犯した衝撃は説明するべくもないが、お登勢はな、小伝馬町の牢屋にお俊の面会に行ったのだが、断られている」

「何……断られた」

「会いたくないとな。そればかりではない、お俊の妹にまで厳しく指弾されて、お登勢の失意と消沈は甚だしい」

「なぜ、お登勢殿が指弾されるのだ」

「離縁さえしなかったら、暮らしに困って自棄っぱちになり、付け火などしなかった筈だとな。罪の半分はお登勢にあると言わんばかりの言葉だ」

「そうか……そんなことがあったのか。すまぬ……俺も気にはなっていたのだが」

「美樹という女の方が大切だということだな」

金五は鼻で笑った。

「金五、口が過ぎるぞ」

さすがに十四郎も、かっとなって言い返した。

「お前が怒るところをみると、まんざら俺の思い違いでもなかったということか」

「違う」

「どう違うのだ。お登勢はな、お倹が刑を受けるのを見届けた暁《あかつき》には、もう、慶光寺の御用は返上したいなどと言い出しておる」

「何……」

「一番頼りにしたいお前がだ、ちゃらちゃら、美樹とかいう女の子供を連れて橘屋に遊びにくる。そのくせ、呼び出しをかけなかったら、お前は橘屋には寄りつかん。女の家に入り浸りだ」

「待ってくれ、金五。確かに大事な折にすまなかったと思っている。しかし、こちらものっぴきならぬ事情があったのだ」

「だいたい、どうしてそうまで深入りするのだ。まさか、本気で妻にでもするつもりか」

「金五、これには深い事情があるのだ」

「聞かせてもらおう。嫌だとは言わせぬ」

金五は背筋を伸ばすと、ぐいと十四郎を見た。

十四郎は頷くと、

「半年前のことだ」

手にあった茶碗を置いた。

それは、半年前の雪の降る日の夕刻だった。

十四郎は、蛇の目の傘をさして橘屋を出た。

雪はうっすらと大路を覆い尽くしていて、町屋の軒行灯に照らされた雪が、そこだけ灯の色を宿して輝いているように見えた。

人々は天候の行方を予測して、早々に用事をすませて帰宅の途についたとみえ、薄い闇に覆われた街路はどこも、人影はまばらだった。

ゆっくりと雪の夜の静寂を楽しみながら歩いていた十四郎は、一ツ目之橋《ひとつめのはし》手前の弁才天《べんざいてん》の境内で、異様な雰囲気を感じ取って立ち止まった。

降り積もった雪が踏み荒らされていて、その痕跡は境内の奥へと続いている。

傘を傾けて中を覗くようにして見通した時、男の断末魔の声が聞こえてきた。

「いかん」

十四郎は、そこに蛇の目の傘をほうり投げて、境内の奥に走り込んだ。

はたしてそこには、ならず者たちに囲まれた商人体の老人と、その老人を庇って立つ一人の浪人の姿があった。

浪人の前には、斬り殺されたのか、ならず者が一人横たわっていたが、二人を囲んでいる者たちはまだ総勢十数人ばかりいた。

その誰もが手に匕首を握っている。

「待ちなさい」

十四郎がその輪の中に飛び込もうとするより早く、ならず者たちは八方から老人に飛びかかっていった。

「おのれ」

浪人がその老人を背に回して、右に左に剣をふるうが、多勢に無勢である。

浪人が一人の男を斬り下げた時、その一瞬をついて、背を丸めてその浪人に飛びかかり、走り抜けるようにして斬りつけた者がいた。

「しまった……」

浪人は左の腕を押さえて前方を見た。

すかさず次の匕首が、こんどは老人を狙って走る。それは、老人の脇から後ろから、刃は二つ。

「あぶない」

十四郎は飛び込んで老人を庇うと同時に、二つの刃を撥ね上げた。さらに踏み込んで、縦横に飛び込んでくるならず者を、立て続けに二人、斬った。

「ぎゃっ……」

短く絶叫して二人は雪の上に落ちた。

「お前たちも、この者のようになっても良いのか」

十四郎は、腕を伸ばして刀を突きつけるようにして、囲んでいるならず者たちを、一様に鋭い目で見渡した。

「ちくしょう……引け」

誰かの声が上がった。

ならず者たちは、その声を合図に、水が引くように、薄闇に消えていった。

そこまで話すと十四郎は言葉を切って金五に言った。

「その折の浪人者が、美樹殿の亭主、芹沢《せりざわ》伊三郎という者だったのだ。それからだ、あの一家とのかかわりは」

「ふむ……つまりお前は、半年前にあの女の亭主を助けた、そういうことだな。しかしその老人だが、ならず者たちに襲われるとは、ただの商人ではあるまい」

「後で知ったのだが、猫目《ねこめ》の玄蔵《げんぞう》という本所深川の露店を取り仕切っている大親分だったのだ」

「何……」

「露店ばかりではない、博打場も玄蔵の手の中にあり、本所深川で大きな博打をやろうという時には玄蔵の許可なくしては開けない、裏の世界ではけっこうな力を持った男だったのだ。ところが、玄蔵の手下の一人が色気を出して、浅草寺内で賭場を開いた。それがきっかけで、浅草を取り仕切っている為五郎《ためごろう》一家と争いになったということらしい」

「つまり早い話が、伊三郎はやくざの用心棒だったということだな」

「そうだ。俺も命を助けたということで、猫目の玄蔵の家に呼ばれてな、ずいぶんなもてなしを受けた」

十四郎は、当時を思い出して苦笑した。

玄蔵の家は、小名木《おなぎ》川に架かる高橋《たかばし》南袂の海辺大工町にあったが、広い座敷に手下たちを従えて、十四郎を下にも置かない扱いようで、ほとほと十四郎は閉口した覚えがある。

伊三郎は腕を買われて、この屋敷内で起居し、玄蔵の傍にぴたりとついていた。それは客分ともいうべき特別な扱いで、お涼《りょう》という色っぽい女まであてがわれていたのである。

十四郎はこの時、伊三郎から、用心棒として得た給金を妻の美樹のところに届けてほしいと頼まれた。

腕に傷を負っていたこともあったのだろうが、

「何故、自分で届けぬ」

いぶかる十四郎に、伊三郎は、

「美樹が眩しいのだ」

自嘲するように笑ったのである。

まともな渡世ではない者の用心棒に落ちぶれた自分の姿を妻には見せたくないのだと伊三郎は言った。

だが十四郎は、お涼という女のことが負い目らしいと感じ取った。

「美樹は俺とは違う。いかな場面に遭遇しても、人として、女として、自分の操を曲げぬ女子だ……だが俺は違う。渇《かつ》すれば盗泉《とうせん》の水も平気で飲む、そんな人間だ」

だからこんな姿を見せられぬと、伊三郎は言ったのである。

「ふむ」

十四郎は、差し出された金を懐に入れた。

伊三郎の屈託が分からぬ十四郎ではない。

十四郎も同じ浪人である。

妻子がいて、飯の糧がなかったら、伊三郎と同じことをしていたかもしれぬという思いがあったのである。

伊三郎の女お涼は、帰ろうとする十四郎をつかまえて、

「この人、なんだかんだ言ってもさ、ご新造さんに惚れてるのさ……あたしと深

みに嵌《は》まれば嵌まるほど、どうやらご新造さんが恋しいらしいの……まったくいい面の皮……」

伊三郎に寄りかかるようにして睨んで見せたが、伊三郎はそれを否定するでもなく、お涼の体にのめり込む一方で、留守を守っている女房にも思いを馳せるという複雑な心境を見せた。

十四郎は、それから時折、伊三郎の用心棒代を藍染川沿いの長屋に運ぶことになったのである。

初めて美樹に会った時、十四郎は夫の伊三郎が気にかけるだけあって、美しい妻女だと納得した。

美樹は、勇也という男児と、初音という女児を育てていた。

その勇也がことのほか体が弱く、特にぜんそく持ちで、年中医者とは縁が切れないことが、伊三郎を危険な仕事に走らせている理由だと知った。

勇也が処方してもらっている薬はよほど高額なのか、美樹は呉服屋『鹿嶋屋』の針子の仕事を請け負って、二人の子を養育していた。

夫の不在にも馴れているらしく、黙って十四郎が渡すものを受け取っていたが、それでも時折、夫が息災であるかどうかをさり気なく聞いてくることがあった。

夫に女がいることはそれとなく感づいている様子だったが、ひとことも悋気がましいことを口《くち》にしたことはない。

むしろ家族のために、そんなところまで堕ちていかざるを得なかった夫伊三郎を哀れに思っている、美樹はそういう女だった。

——健気《けなげ》なひとだ。

日頃夫婦の揉め事ばかりを見聞きしている十四郎には、美樹の心ばえには感心させられた。

家族のためとはいえ世間の裏渡世に生きる者たちに手を貸している伊三郎に心から同調するわけにはいかなかったが、その妻の、健気でひたむきな暮らしに手を貸すことに、十四郎は少しの抵抗もなかったのである。むしろ、妙なやすらぎを覚えていた。

十四郎がそこまで話した時、金五が先を急ぐように聞いてきた。

「その伊三郎だが、いつ死んだのだ」

「三月ほど前だ」

十四郎は、太い溜め息を吐いた。

その日、十四郎はいつものように、橘屋からの帰りに海辺大工町の猫目の玄蔵の家に立ち寄った。

伊三郎から用心棒代を預かって美樹に届けるためである。

ところが伊三郎はおらず、玄蔵に呼ばれて切り餅二つ五十両の金を手渡された。

怪訝に見返した十四郎に、玄蔵は、芹沢の旦那は一世一代の賭けに出た、これはその報酬だと言ったのである。

「玄蔵、伊三郎に何をやらせたのだ」

悪い予感がして険しい顔で問い詰めた十四郎に、玄蔵は、この話は自分が押しつけたものではなく、伊三郎が提案してきたのだと言った。

一年近くになる為五郎一家との抗争の決着をつけるためには、守りばかりでは駄目だ。一家の頭を殺ってしまえば終わりだと伊三郎は言い、その役を五十両出してくれたら自分がやる。実をいうと、家にはこれまでの長年の浪人暮らしでの借金がまだ三十両ほど残っていて、それらをきれいにしたい。そのための五十両なのだと玄蔵に決断を迫ったのであった。

「そういう話なら、手下の誰かに殺らせるから、芹沢の旦那にはずっと私の傍にいてほしいと言ったんですがね。手下が殺ったと分かったら抗争の繰り返しだ。見知らぬ浪人が殺るからこそ、その意味があるのだとおっしゃいましてね。ですから、この仕事を受けた時から、俺はお前とは関係ないのだと、そこまでおっしゃいましてね……私は三十両の金は出してもいいから、旦那が身を汚すことはないと言ったんですが、旦那は、仕事料として貰いたいと、そうおっしゃったのでございますよ」

玄蔵は伊三郎の男気に感じ入った様子であった。

「仔細は分かった。決行の日は……場所は何処だ」

「今夜です……為五郎の奴は向島に女を囲っていますが、そこに測ったように五日に一度、陽が落ちてから一人で行くことは分かっております。そこを狙うのだと……」

十四郎は、切り餅二つを懐におさめると、玄蔵から聞いた向島の女の住家《すみか》に走った。

場所は長命寺《ちょうめいじ》の東に広がる百姓地に建てた一軒家、だが十四郎が駆けつけた時には、伊三郎は月あかりの畑の土手の上で、背中に匕首を突き立てられたまま転がっていた。

「伊三郎」

十四郎が駆け寄って抱き起こすと、

「美樹を頼む……子供たちを……」

伊三郎は、虫の息の中で言い、死んだのである。

金五は、十四郎が話し終わるのを待って、

「仔細は分かった。そうすると、お前は美樹母子とは縁は切れぬということだな」

「……」

「亭主のように、父親のように、この先も接していくと、そういうことだな」

「今際《いまわ》の際《きわ》の男の約束だ。反古《ほご》にはできぬ」

十四郎は立ち上がった。

「待て、十四郎」

金五が座ったままで呼び止めた。

「お前に言っておきたいことがある。一つは、これ以上あの親子に深くかかわっても、あの親子を幸せにはできぬ。勇也という子の体の回復にはまだ多額の金がいる。それにあの子は、お民から聞いた話によれば、幼いながら医師になりたいと言っているらしいぞ。長崎に留学して立派な医師になりたいとな。お前はその荷を負い切れるかな。俺はお前が、伊三郎と同じ末路を辿《たど》るような気がするぞ。

そこへ行くと、豊吉という男は手代ながら給金を年に百両も貰っているそうだ。鹿嶋屋では将来を約束された有望株だ。それともう一つ、お倹の一件、お前も知らぬ存ぜぬというわけにはいくまい。お倹の行方を、俺たちともども、最後まで見守ってやるのがけじめというものではないかな。お登勢の哀しみをどう考えているか知らぬが、お前の出方次第では、俺はお前を許さぬ」

金五は前を睨んだまま告げた。

けっして十四郎の方を見ようとはしなかった。

十四郎は、黙って外に出た。

金五の忠告は、痛いほど十四郎の胸に響いていた。

六

「お倹だな」

十四郎は、後ろ手に縛られたまま牢から連れられて、当番所の土間に蹲り、頭を垂れたお倹に声をかけた。

牢内にある当番所の中には、十四郎の他に鍵役同心が一人、世話役同心が一人の他は、誰もいなかった。

十四郎は三ツ屋を出ると、その足で北町奉行所の松波に会い、松波の計らいで、お俊の意思を問わずに面会できるようにしてもらったのである。

むろん、お俊には橘屋の人間で塙十四郎という者だとは告げてもらっていた。

「塙十四郎様……」

お俊は驚いた声を上げ、十四郎を見上げたが、すぐに俯いた。

その肩も膝も、異様に痩せていて、十四郎は痛ましさで言葉を失うほどだった。

「風邪などひいてはおらぬか」

十四郎の問いかけに、お俊は俯いたまま頷いた。

「そうか、それならいいが、食べているのだろうな」

「……」

「お俊……生きている限り、自分の身はいつくしまねばならん、最後の最後までな」

十四郎は、思わず口走った。

「うっ……」

お俊は、堪えきれずに声を上げた。

お俊は泣いていた。

「苦労したんだろうな、お登勢殿もお前のことを案じておる」

「……」

「お前が不幸を背負うようになったのは、離縁させたからではないかと気に病んでおる。せめてお前に会って力の及ばなかったことを詫びようと思ったそうだが、お前は会うことも、届け物さえも拒んだ。それでもお登勢殿は、何が今自分にできるのか、考えているらしい。遠慮は要らぬ。怒りをぶちまけてもいい、恨みつらみを言ってもいい。お前の、今その胸にあるものを吐き出してしまわないか」

「……」

「俺は思うのだが、人は何が一番悲しいか……それは今際の際になってもこの世に憎しみを持っている者だ。憎まれる者も哀れだが、憎む人間の方がもっと哀れだ。自身が救われぬ、そうは思わぬか」

「……」

「もしお前が、そんな迷路を彷徨《さまよ》っているのなら、この俺が手を貸してやることができないものか……そんな気持ちでここに来た」

十四郎は言い、じいっとお俊の答えを待った。

お俊は、しばらくの後、濡れた目を上げて、十四郎を見た。

「塙様、私がお登勢様に会わなかったのは、合わせる顔がなかったからでございます」

「お俊」

「会えば、会ってこの姿を見せれば、お登勢様はいっそう悲しまれます。だから会わなかったのです」

お俊の目には意外にも、屈託が見えなかった。

――お俊は、嘘はついていない。

十四郎は、そう感じた。

お俊は静かに言った。

「離縁のことは、後悔しておりません。あのままあの家で暮らして、死ぬまで恨みごとを抱えて生きていくことを考えれば、私には離縁しか道はなかったと思っています」

「そうか……」

「火付けをしたのは、この体が、貰った病気がもとで、そう長くはないとお医者に言われたからでございます」

「そうか……そうだったのか……」

「でも私、今は慶光寺で暮らした日々を思い出して、私にも幸せな日々があったと……」

お俊は、思い出をかき集めるような目をして言った。

だが、我に返ると、

「お役人様」

と言って立ち上がった。

そして、十四郎に頭を下げて行きかけて振り返った。

「一つだけお願いがございます」

「何だ、何でも言ってみなさい」

「私が最後に住んでいた長屋の裏庭に、鉢植えが一つ置いてあります。それを、お登勢様にお渡ししていただけますでしょうか」

「分かった。鉢植えだな」

「はい」

お俊は頷くと、同心二人に引かれて、牢屋の中に消えた。

「お登勢様ですか」

十四郎が小さな紙包みを腕に抱えて三ツ屋を訪ねると、お松が不安な顔で言ったのである。

「何かあったのか」

「はい。先ほど松波様からのご伝言を頂きましたが、それからずっと大川の土手に参られたきりなんです。十四郎様がいらして良かった。私、様子を見てこようかと思っていたところでした」

と、お松は言う。

十四郎は包みを抱えたまま、すぐに三ツ屋を出て大川の土手に立った。

このあたりの河岸には蔵が並んでいるが、それでも三ツ屋がある永代橋近くは開けていて、石段を降りれば川岸には土手があり、草木も生えている。

お登勢は、川岸に一人しゃがみこんで、じっと大川の流れを見詰めていた。

「お登勢殿」

十四郎がゆっくり近づくと、お登勢は悲しそうな顔を上げて、

「十四郎様、松波様からお俊さんの引き廻しの日の連絡を頂きました。明後日だそうでございます」

「そうか、明後日と決まったか」

「ええ……わたくし、なんにもしてあげることができませんでした」

お登勢は、空しげな吐息を吐いた。

「そんなことはない。お俊は、お登勢殿には感謝している。慶光寺で暮らした日々は幸せだったと言っていたぞ」

「十四郎様、お会いになったのですか、お俊さんと」

「会った。また会いたくないなどと言われては困るゆえ、お俊の意向は無視して面会したのだ」

「それで」

お登勢は、せっつくように聞いた。

「そなたに会わなかったのは、合わせる顔がなかったのだと言っておった」

「まあ……」

「けっしてお登勢殿を恨んだり憎んだりはしておらぬよ」

「……」

「これは、お俊には言わなかったのだが、別れた亭主がやってきて、引き廻しはどことどこかと聞いてきたようだ。自分の店の近くは困るという訳だ」

「なんてことを……」

「そうだ、それだけの男だったのだ。別れてまだ幸せだったのだ、お俊はな」

「十四郎様、私は今度の事件で、自分がやってきたことは何だったのか考えておりました。私の通ってきた道は、振り返ってみると草も木もない冬枯れた荒野のような、そんなものではなかったかと……青々と茂る筈の草木を枯らしてしまっていたのではないかと考えておりました」

「馬鹿な……」

十四郎は、お登勢の目を捉えて言った。

「お登勢殿ともあろう人が、よく目を開けて見られよ。どれほどの女が、そなたの手を借りてしっかりと生きているか。青葉どころか、新しい花を咲かせていることを忘れたのか」

「……」

「お俊にしたって、間違いなく、今度こそ自分の手で、自分の花を咲かせようと考えていた筈だ」

「……」

「まだ分からぬようだな」

十四郎は、それまで抱えていた小さな包みを、お登勢の手に載せてやった。

「お俊から頼まれた物だ」

「お俊さんから……」

お登勢は、膝の上にその紙包みを置くと、そっと解いた。

「これは……風蘭《ふうらん》」

お登勢は目を瞠った。

掌に載るほどの小さな鉢から、細長く厚い葉が伸びていて、その葉の間から茎が一本たちあがり、小さな虫が羽を広げたような真っ白い花がついていた。一寸にも満たない小さな花だが、いかにも優雅で凛《りん》とした風情がある。

「風蘭というのか、この花は」

「ええ」

お登勢は言ったきり、言葉を呑んだ。

花が咲いているのは一本だが、花殻《はながら》の枝があるところを見ると、ほかにも花は咲いていたということだろう。

「十四郎様、この鉢植えは、お俊さんが慶光寺を去る時に差し上げたものです。橋屋の庭の木に吊るしてあったものですが、とても気に入っている様子だったのであげたのです。そしたらお俊さん、きっと花を咲かせます、花が咲いたらお登勢様に見せに参ります、そう言っていたんです」

「そうか、それでお俊は、最後まで手元に置いて育てていたのか。長屋の裏庭に吊るしてあったのだ」

「お俊さん」

お登勢の脳裏には、鉢を抱えたお俊が何度も振り返り、笑顔で手を振って橘屋を去っていく姿が思い出された。

「花は咲いたのに……」

お登勢は呟いた。風蘭の鉢を膝の上に置いたまま、お登勢は泣いていた。


十四郎は、遠くで半鐘《はんしよう》の音を聞いていた。

夢かと思いながらも反射的に飛び起きた。

暗闇に半身を起こして聞き耳をたてると、やはり半鐘の音が聞こえてくる。

それも、それほど遠くではない。

薄物の掛け物を蹴り上げて立ち上がると、表に走り出た。

長屋の連中たちも寝惚《ねぼ》け眼《まなこ》で、がやがやと外に出てきて、半鐘のする方向を伸び上がって見る者もいる。

火の手はまだ見えなかった。

「どこだい、火事は。皆、早く避難しなくてもいいのかい」

おとくなどは、もう背中に鍋釜を背負って、出てきている。

大家の八兵衛が木戸口から走ってきた。大路に出て火事の行方を確かめてきたらしい。

「八兵衛、火事はどこだ」

十四郎が叫んだ。

「火元は小伝馬町の牢屋の近くです。皆さん、すぐに避難する準備をして下さい」

八兵衛が声を張り上げた。

十四郎は、表に飛び出した。

両国橋まで走り、橋の中央から火の手の行方を見た。

白い煙が上がっているのが見えるには見えたが、微かな南風で美樹親子が住んでいる白壁町は大事ないと思われた。

火事は風の道に沿って広がる。むしろこちらの方が危ないのではないかと、橋の上で考えている僅かな間に、どっと両国橋に人の波が押し寄せてきた。

皆、背中に荷物を背負ったり、幼子の手を引いたりしながら、我先に対岸の本所に逃げようとして必死のありさま。十四郎はその流れに逆らうようにして長屋に戻ろうとしていたが、ふと足を止めた。

明らかに囚人の集団と思える人たちの姿を見たからである。

——そうか、切りほどきが行われたか。

十四郎は一瞬のうちに、牢屋にいるお俊のことが頭を過《よぎ》った。

切りほどきは切り放しともいうが、牢屋敷の近隣で火が出た場合、あるいは牢屋敷そのものが火事となった場合に、牢内で収容されている囚人たちを三日の期限を切って解き放つのである。

囚人たちは、ひとまず回向院に集合し、三日たったら回向院かあるいは浅草の溜《たま》りに戻るよう申し渡されるのである。

戻れば罪一等を減じられるし、戻らなければ軽罪の者でも死罪となる。

ただ、当初から死罪や遠島を申し渡されている者は、切りほどきの対象にはない。

その者たちは、縛られた上にもっこに乗せられて、浅草の溜りやその他安全な場所に避難させられるのである。

お俊は火罪と決まっていて重罪である。

切りほどきにはならないだろうが、もっこで外に運び出されれば、会うことが叶うかもしれぬ。

お登勢は、お俊が引き廻しの折には、最後の休憩所となる寺院で待ち受けて、馳走を食べさせて、少しでも心残りのないようにしてやりたいと、昨日からお俊の好物を揃えるのだと走り回っていた。

だが、仮に浅草の溜りに移されれば、三日という猶予がある。

重罪の者たちの行き先を確認するために、十四郎は回向院に走った。

回向院ならば、牢屋の同心はむろんのこと、町奉行所の同心も出張《でば》ってきているに違いないと思ったからだ。

はたして、回向院の境内に駆け込むと、篝火《かがりび》が焚かれた明るい場所に、囚人たちががやがや言いながら集まっていた。

「塙殿」

鍵役の安藤忠之助が、篝火の向こうからふいに近づいてきた。

「こちらへ」

まるで十四郎を待っていたかのようだった。

安藤は、昼間は境内で水茶屋として営業している掛け小屋に十四郎を連れていった。

「お俊……」

そこには筵が敷かれ、その上にお俊が寝かされていた。

お俊は、荒い息を吐きながら、横たわっていた。時々息がとぎれそうな息遣いをしている。

十四郎は不安な顔を、安藤に向けた。

安藤は、神妙な顔で首を横に振った。

そして、十四郎の袖を引っ張るようにして、薄闇に引き入れると、提灯の灯の下であえいでいるお俊を見ながら、低い声で言った。

「お俊は、牢名主の話によれば、ずっと食事を拒んでいたというのです。その上に病状が悪化していたらしく、塙殿と会った後で倒れまして、あの通りです」

「溜りに送っていただくわけにはいかなかったのか」

「以前からそういう話もあったようですが、牢医師の話では本人が嫌がったのだと聞いています。ここまで連れてくるのがやっとでした。幸いといっては何ですが、会わせてやりたい人がおりましたら、ここならばなんとかなります」

安藤は、険しい顔で頷いた。

その時である。

「十四郎様……」

お登勢と藤七が走ってきた。

「もしやと思って参ったのですが……」

「うむ」

十四郎は、お登勢に向こうで横たわっているお俊を目顔で指した。

お登勢は、息を呑んで十四郎を見返した。

篝火の光に照らされたお登勢の顔が、見る間に蒼白になった。

お登勢はしかし、一歩一歩、踏み締めるようにしてお俊に近づいた。

「お俊さん……お俊さん」

跪《ひざまず》いて、お俊の手を取った。

「お登勢様……」

小さな声がして、お俊がうっすらと目を開けた。

「お俊さん」

「お登勢様ですね……お登勢様」

お俊は手を宙に泳がせるが、

「見えない……もう見えない」

「しっかりして、お俊さん……ごめんなさいね、あなたが苦しんでいることも知らずにわたくしは……」

お登勢は思わずお俊を抱き上げて、その手をしっかりと握ってやった。

「いいえ……お登勢様にお会いできて、お俊は、お俊はしあわせでした……ありが……と」

お俊の言葉は、それで終わった。

「お俊さん……」

お登勢は、お俊を抱き締めた。

肩を震わせて泣くお登勢の姿を、十四郎は痛ましい思いで見守っていた。

「お登勢殿……」

十四郎が橘屋を訪れた時、お登勢は内庭にいた。

通り雨が過ぎた後で、乾いた庭にしばしの潤いを与えたようで、お登勢は草いきれの中で、十四郎の声にも気づかず、無心であたりを眺めていた。どことなく寂しげな風情であった。

お俊の遺体が慶光寺に引き取られて、橘屋の者たちの手で密かに葬られてからすでに十日が経っている。

あの晩の小伝馬町の火事は近隣の失火によるもので、ぼや程度でおさまって、囚人たちも再び牢屋に帰っていったが、お俊は回向院から直接慶光寺に運ばれてきたのであった。

万寿院の悲しみはひとしおだったが、口に出しては言わないまでも、あのまま火焙りの刑になるよりは、お俊にとっては良かったのではないかと、お俊を送った者たちは皆そう思っていた。

お登勢の心中は計り知れないものがあり、周りの者もただ黙って見守っていた。

十四郎が橘屋を訪れたのはその日以来、お登勢の顔を見るのも久しぶりだった。

「お登勢殿……」

下駄をつっかけて近づくと、お登勢はようやく十四郎に気づいたらしく、

「あら、今日は何の御用ですか……また、あのお子にごん太を見せに？」

お登勢は、笑みを湛えて聞いてきた。だがその目の色には暗くて深い憂いがあ

った。

「いや、そうそう付き合うわけにもいかんのでな」

「よろしいのですか。それではお父上のお役目は果たせませんよ」

「いいのだ。美樹殿のことはな、しかるべき男に後を託した」

十四郎はきまりわるそうに言い、頭を掻いた。

十四郎は、この橘屋に来るまでに美樹に豊吉の想いを伝え、その後で豊吉に会って、美樹一家の今後を託している。

「必ずお力になります」

豊吉は力強く頷いてくれたのである。

十四郎がその話をさらりとして聞かせると、

「そんなことをして、あとで後悔しても知りませんよ」

お登勢は、突き放すように言う。

「後悔？……後悔なぞせぬ。俺には橘屋の御用という大事な役目がある、お俊を見ていてつくづく思った」

「見事な変わりようでございますこと」

伏した目が戸惑っているようである。

その目の前に、たわわに花をつけた白萩の花穂が見えた。

「おっ、萩が咲いたか」

十四郎も腰を曲げると、その花穂をまじまじと見る。

「世の中には不思議なこともあるものですね」

「何だ。皮肉か」

「いいえ、この萩のことです。誰も植えた覚えがないのに、こんなに美しい花をつけて、わたくし、今朝の雨で散ってしまわないかと心配致しました」

「ふふん」

十四郎は、にやりと笑った。

怪訝な顔で見返してきたお登勢に、十四郎は得意げに言った。

「この萩は、俺が植えたのだ」

「嘘ばっかり」

お登勢は苦笑した。

「嘘なものか。お登勢殿は、とくに白い萩が好みだと思ってな、慶光寺の方丈の庭にあったのを、ちょいと拝借してきて植えておいたのだ」

「十四郎様……」

お登勢はびっくりした目をして見せたが、

「うそ、うそ、知りません」

すぐに咎めるような声を上げると、そこにしゃがんだ。

だがその声音にも白い襟足にも、隠し切れない喜びが溢れていた。

二〇〇五年七月　廣済堂文庫刊

光文社文庫

長編時代小説
風《ふう》　蘭《らん》　隅《すみ》田《だ》川《がわ》御《ご》用帳《ようちょう》(十)
著　者　藤《ふじ》原《わら》緋《ひ》沙《さ》子《こ》

2017年2月20日　初版1刷発行

発行者　鈴　木　広　和
印　刷　堀　内　印　刷
製　本　ナショナル製本

発行所　株式会社　光　文　社
〒112-8011　東京都文京区音羽1-16-6
電話（03）5395-8149　編　集　部
8116　書籍販売部
8125　業　務　部

ISBN978-4-334-77434-9　Printed in Japan

組版　萩原印刷

藤原緋沙子

代表作「隅田川御用帳」シリーズ

前代未聞の16カ月連続刊行開始!

［2016年6月〜2017年9月刊行予定。★印は既刊］

江戸深川の縁切り寺を哀しき女たちが訪れる——。

第一巻 雁の宿★
第二巻 花の闇★
第三巻 螢籠★
第四巻 宵しぐれ★
第五巻 おぼろ舟★
第六巻 冬桜★
第七巻 春雷★
第八巻 夏の霧★
第九巻 紅椿★
第十巻 風蘭★
第十一巻 雪見船☆
第十二巻 鹿鳴《はぎ》の声☆
第十三巻 さくら道☆
第十四巻 日の名残り☆
第十五巻 鳴き砂☆
第十六巻 花野☆

☆二〇一七年九月、第十七巻・書下ろし刊行予定

光文社文庫